Erwin Strittmatter

Als ich noch ein Pferderäuber war

Geschichten

Luchterhand

Originalausgabe
Sammlung Luchterhand, Oktober 1982
Lektorat: Ingrid Krüger
Umschlaggestaltung: Kalle Giese. Das Foto von Werner Schulze zeigt Erwin Strittmatter
Ausstattung: Martin Faust

Lizenzausgabe mit freundlicher Genehmigung des Autors und des Aufbau Verlages, Berlin und Weimar
Gesamtherstellung bei der
Druck- und Verlags-Gesellschaft mbH, Darmstadt
ISBN 3-472-61441-2

Inhalt

Wie ich meinen Großvater kennenlernte

Ich wurde an einem Mittwoch geboren, an einem Mittwochvormittag um zehn Uhr, falls jemand die Zeit vergleichen möchte. Obwohl der Monat August gewitterfreundlich ist, donnerte es nicht, und die Sonne stand nicht im Zeichen der Jungfrau, und es ging keinesfalls goethisch bei meiner Geburt zu.

Aber ich soll mich sofort so umgesehen haben, als ob ich die Welt schon kennte, behauptete meine Mutter, doch sie verriet es erst, nachdem mein erstes Buch gedruckt war. Und daß ich mich so kenntnisreich umblickte, gleich nachdem ich in die Welt gefahren war, das war nur ein Trick von mir, und ich habe diesen Trick im Leben noch oft benutzen müssen, denn wundern darf man sich nur unauffällig, wenn man nicht haben möchte, daß einen die Schlauberger unter den Zeitgenossen für einen Naiven halten und daß sie einen unter ihre Botmäßigkeit zwingen.

In bezug auf mein Dasein nahmen meine Mutter und ich übrigens verschiedene Standpunkte ein; denn als ich für die Mutter schon da war, wähnte ich mich noch im Niemandsland, und das bewies, daß ich kein Wunderkind war, denn nur Wunderkinder erinnern sich ihrer ersten Lebensminuten, und sie machen Aussagen über die Schürze ihrer Hebamme, und sie verkünden, diese Schürze wäre »weuß gewösen«, und alle Wunderkindgläubigen staunen.

Ach ja, es gibt bis heute keine andere Pforte, um in diese Welt zu schlüpfen, als eine Mutter, aber man arbeitet bereits an anderen Einstiegsmöglichkeiten, wie ich lese, doch wenn der Menschenbrutschrank, an dem man arbeitet, zuerst von Schaftlern in einem Lande erfunden wird, das antihuman regiert wird, so werden dort die Industriellen den Professoren das Brutschrankprinzip abkaufen und entreißen, und sie werden serienmäßig homunculi als billige Arbeitskräfte und zu Kriegszwecken herstellen. Dieser Umstand wird auch die Regierungen anderer Länder zwingen, solche homunculi herzustellen, und wenn ich

an die Folgen denk, so möcht ich mit Hašeks Schwejk sagen: »Davor hab ich immer die größte Angst gehabt!«
Aber ich schweife ab. Ich bin nicht sicher, ob man sich das schon am Anfang einer Erzählung erlauben darf, weil nur wenige Leser geneigt sein dürften, mühsam und wie in ein Dickicht in eine Geschichte einzudringen, denn die meisten wollen durch die lieblichen Flötentöne einer Fabel in dieses Dickicht gelockt werden.
Ich wurde also noch von einem Weibe geboren. Meine Mutter war eine liebestüchtige Frau: ein Vierteljahr nach meiner Geburt beschäftigte sie sich bereits damit, einen zweiten Menschen herzustellen, und sie stattete meine Schwester mit Gliedmaßen und komplizierten Organen aus, denn der Mensch braucht allerlei, um hier im sichtbaren Leben mitreden und mitagieren zu können. Meine arme Frau Mutter schwächte sich mit diesen beiden zeitmäßig so hintereinander liegenden Arbeitsleistungen. Ihre Säfte flossen nur noch nach innen, nicht mehr nach außen, und ich blieb ohne Muttersaft. Ich wurde kraftlos, und im Alter von einem halben Jahr wurde mir das *Aufderweltsein* über, und ich bekam, ohne mit dem Rauch von Zigaretten dran zu arbeiten, den keuchenden Husten und eine Entzündung der Lunge und wollte mein Hiersein quittieren.
Und als meine Haut bereits so lappig an den Knochen hing wie das Segeltuch am Drahtgestell einer Lumpenpuppe, griff mein Großvater ein. Er atzte mich auf, und ohne ihn wäre ich gestorben, und daran erinnerte er mich, solange er lebte, und daran erinnerte er mich noch auf seinem Totenbette.
Ich wurde also zweimal geboren. Wenn das auch der Titel eines politischen Schlagers ist, so gibt's tatsächlich so etwas wie eine zweite Geburt, eine zweite geistige und eine zweite körperliche. Die meine war damals eine körperliche, und das zweitemal gebar mich mein Großvater, und das mag ein wenig erklären, weshalb mir dieser Mann über die Kindheit hin und länger nahestand.
Es gibt Konstellationen im Erdenleben eines Menschen, die man *Unglück* nennt: Es kann ein Unglück sein, wenn ein Mensch keinen von den beiden Menschen kennenlernt, die ihn in die

Welt wiegten. Bei mir war es jedenfalls so, daß ich meinen Zeuger später kennenlernte als den anderen Mitarbeiter an meinem Ich, denn ich wurde in Deutschland geboren, und in Deutschland hatten die Männer bislang eine Vorliebe dafür, sich jahrelang nach auswärts abkommandieren zu lassen, um Schaden in der Welt zu stiften.

Eines Tages gewahrte ich, daß ich nicht mehr dem unverbindlichen Nichts, dem Nirwana, angehörte, daß ich mich in der Welt der Selbstverpflichtungen befand, daß ich Akteur in einem Lebensfilm war und daß ich Partner hatte, auf die ich mich einstellen mußte. Als mein Großvater mir als Partner in meinem Lebensfilm zu erscheinen begann, wohnten wir in einem Kotten in einem Dorfe an einer Landstraße, und die Landstraße führte nach Schlesien.

Mein Vater befand sich im Kriege. Das war für mich eine Ortschaft hinter Berlin oder dort wo, ein Ort unter den Augen des Kaisers Wilhelm und seiner Gemahlin Auguste Viktoria.

Meine Mutter betrieb im Kotten an der Landstraße eine Nähwerkstatt und einen schmalbrüstigen Kurzwarenladen, denn sie hatte den Geldvermehrungsdrang meines Großvaters geerbt, aber bei der Weitergabe dieses Dranges war den entsprechenden Genen das kühle Rechnertum verlorengegangen.

Die Wohnstube des Kottens an der Landstraße nach Schlesien war die Szenerie, in der ich für mein jetziges Leben erwachte. Als ich aufwachte, sah ich, daß nichts mehr zu ändern war und daß ich bleiben mußte, wo ich war. Für gewisse Umstände in unserem Lande wäre es günstiger gewesen, wenn ich ein paar Monate früher geboren worden wäre, weil mein Vater dann noch Hilfsarbeiter in einer Tuchfabrik gewesen wäre. So aber war mein Vater Soldat, als ich in die Welt eindrang, und Tuchfabrikhilfsarbeiter war nicht sein erlernter Beruf, und ich mußte in die einhundertunddreiundzwanzig Fragebögen, ohne die mein Leben ein Nichts gewesen wäre, in die Spalte *Soziales Herkommen* schreiben: *Sohn eines Bäckers.* Nun ist ein Bäckergeselle oft der einzige Untertan eines Bäckermeisters und einer der Ausgebeutetsten unter den Ausgebeuteten, doch in der proletarischen Hierarchie wird er unter der Kategorie *Handwerker* geführt und politisch minderbewußt eingestuft. Tatsächlich soll bei dieser Menschenkaste hier und dort ein politischer Bewußtseinsmangel anzutreffen sein, aber es fiel mir bis heute schwer, dran zu »glauben«, daß sich auch bei uns, wie dennmals bei den Verdammten in der Bibel, »die *Sünden* der Väter fortpflanzen bis ins dritte und vierte Glied«, aber eine gewisse Frieda Simson, die in Kaderangelegenheiten beschlagen sein will, sagte, als ich ihr zeigte, was ich hier niederschrieb, daß das bereits wieder ein Ausfluß meiner kleinbürgerlichen Abstammung von einem Bäkkereiarbeiter wäre. Es bleibt mir nur übrig, mich mit Marx, Engels, Lenin und anderen zu trösten, die in bezug auf ihre Väter noch schlechter dran waren als ich, so schlecht, daß sie von jener Frieda wahrscheinlich nicht in unsere Partei aufgenommen worden wären.

Die Wohnstube im Kotten an der Landstraße nach Schlesien war Schneiderwerkstatt, Kurzwarengeschäft und Kinderspielplatz in einem. Die beiden Geschäftsbereiche waren durch eine dünne Portiere voneinander getrennt. Der Wohn- und der Geschäftsbereich waren nicht besonders gekennzeichnet, und der Kinderspielplatz erstreckte sich über beide Bereiche bis in die kleine Küche hinein, denn wir Kinder waren wie die Hühner, die keine Grundstücksgrenzen anerkennen. Wir scharrten da, und wir scharrten dort, und was für die Hühner Grassamen und Steinchen waren, das waren für uns unsere Erlebnisse, und wir pickten unsere Erlebnisse in der Schneiderwerkstatt oder in der Ladenabteilung der Wohnstube auf.

Der Kurzwarenladen der Mutter war ein halbstaatliches Geschäft, aber es war nicht so lukrativ, wie es heute manche halbstaatlichen Geschäfte sind, denn in das Geschäft meiner Mutter wirkte das Kaiserreich, in einem negativen Sinne, hinein, und von den mageren Stoffballen durfte nur abgeschnitten werden, wenn die Käufer amtlich ausgestellte »Bezugscheine« vorweisen konnten.

Meine Mutter betrieb sowohl die Schneiderwerkstatt als auch den Kurzwarenladen mit Gemüt und Gefühl. Sie nahm's mit den kaiserlichen Beziehscheinen nicht allzu genau. »Fräulein, sind Sie noch bezugscheinfrei? ...« So begann ein sogenannter Gassenhauer jener Zeit, und meine lebenslustige Mutter sang diesen Schlager. Sie legte in ihrer Gutmütigkeit hier und da einen halben Meter Stoff zu, und sie verhalf den Kleinkindern der Kundschaft auf diese Weise zu einer Weste oder einer Joppe, aber beim Neueinkauf reichten die vereinnahmten Beziehscheine nicht aus, um die gehabte Menge Stoff zurückzukaufen.

Für mich waren die Stoffballen in den Regalen Kühe. Diese Kühe wurden mit Zetteln gefüttert. Sie wurden mager, wenn man ihnen zuwenig Zettel zu fressen gab, und weil diese Stoffballenkühe mit Zetteln ernährt wurden, enthielten sie von Kriegsmonat zu Kriegsmonat mehr Papier.

Unsere Kinderschürzen waren aus dünnen Papierbindfäden gewebt. Die Papierbindfäden waren mit einer Schicht Dextrin beleimt, und meine neue Schürze war so schön steif wie die Lederschürze des Hufschmiedes von gegenüber, aber im Regen löste sich meine Schürze auf, wie andere Stoffe sich in Salzsäure auflösen.

Und auch das Nähgarn ließ sich von Jahr zu Jahr leichter zerreißen, und seine sich mindernde Qualität täuschte uns vor, daß unsere Kräfte wüchsen, aber im Jahre neunzehnhundertundsiebzehn war das Garn schließlich so leicht zerreißbar, daß man keinen Maikäfer mehr damit fesseln konnte; das Garn war nur noch gesponnener Rauch.

Außer papierdurchschossenen Stoffen und groben Nesselschürzen konnte man im Kurzwarenladen der Mutter Schleifchen zum Aufhübschen von Frauenblusen kaufen. Diese Schleifchen raschelten kalt. Sie stammten aus der Familie der Weißblechbüchsen, während die Herrenschlipse aus der Vorkriegszeit seidig und weich waren, aber sie lagen in ihren Pappschachteln wie in weißen Särgen, denn sie waren überflüssig geworden, weil die Herrenwelt hochgeschlossenes Feldgrau im Leben und im Tode trug.

In der Mitte des Krieges erhielt Mutters Kurzwarenladen keinen Steck- und Sicherheitsnadelnachschub mehr. Es wurde verlautbart, man benötige alles Metall zur Herstellung von Kanonen, und die Kanonen benötige man zum Erschießen der Feinde, und ich hätte gar zu gern gesehen, wie ein mit Sicherheitsnadeln zusammengehaltenes Kanonenrohr das Schießen nach Feinden überstand.

Es gab wenig Männer im Dorf. Die Dorffrauen wußten nicht, weshalb sie noch deutsch-aufrecht und mit hochgestemmtem Busen umhergehen sollten; sollten sie es für die Großväter oder für die Konfirmanden tun? Nein, diese Schande nicht! Deshalb langweilten sich die Korsettersatzstäbchen in den Schubladen des Kurzwarenladens. Wir nahmen sie heraus, und wir bauten auf den Dielen der Schneiderstube Zäune aus ihnen. Wenn doch eine Frau im Laden erschien und nach Korsettstäbchen verlangte, so wußten wir, daß sie ihre »Rüstung« reparierte und daß sie ihren »Urlauber« erwartete.

Die Annäherung eines Urlaubers aus Frankreich oder Rußland wurde auch an anderen Anzeichen erkennbar, denn meine Mutter wurde beauftragt, für die Heldenfrau aus dem Rock einer verstorbenen Großmutter eine Bluse im Auguste-Viktoria-Look mit Achselstücken, Feinblechverzierungen und roten Paspeln aus dem Friesunterrock einer alten Sorbin anzufertigen. Meine Mutter arbeitete die ganze Nacht hindurch, und die Kundin nahm das Gewand dankbar entgegen, und sie trat aus der Zeit der Liebesdürre in die Zeit der Liebesfülle.

Ach, es geschah oft, daß bereits eine Woche nach dem liebesvollen Urlaub eines Kriegers die Nachricht von seinem »Heldentode auf dem Felde der Ehre« eintraf, und die Kriegerwitwe mußte die rot paspelierte Bluse schwarz einfärben, und die Witwenklagen stiegen gen Himmel.

Mutters Arbeitslohn für die Umarbeitungen von Großmutterröcken zu »Heldenempfangsblusen« stand in keinem Verhältnis zur aufgewendeten Zeit, wenn er nicht in Form von Magerquark oder einigen Eiern einpassierte, und da die Einnahmen aus dem Kurzwarengeschäft auch nur pfennigweis in die diebessichere

Ladenkasse tropften, war es für die Mutter nicht leicht, uns ohne Hungerunfälle und gesundheitliches Stolpern durch die Kriegsjahre zu schleppen, zumal wir uns während des Krieges noch um zwei Brüder, sogenannte *Urlauber*, vermehrten.
Und wieder war es der Großvater, der achtgab, daß wir nicht verkümmerten. Bei den »Unterstützungsbesuchen«, die er uns angedeihen ließ, lernte ich ihn kennen, und sein Vorhandensein teilte sich meinem Vorhandensein mit.
Großvater, der ehemalige sorbische Pferdeknecht, hatte sich als Pferdehändler, Herrschafts- und Bierkutscher, Bergarbeiter, Gutsvogt und Fabrikarbeiter erprobt, und er führte um die Zeit, da ich ihn kennenlernte, die Berufsbezeichnung *Handelsmann*, und der Volksmund auf der Lausitzer Heide nannte solche Leute *Rumgeher*.
Solange Großvater auf Erden umherging, suchte er nach einer ihm gemäßen Tätigkeit, doch er fand sie nicht, wie mir scheint, nein, er fand sie nicht. Er hatte dies und das, was zur Ausstattung eines Dichters gehörte, und es ist schwer bestimmbar, welcher Mangel ihn hinderte, ein Dichter zu werden. Ich meine heute, es waren nicht Bücher, die ihm fehlten, denn es hat Naturdichter wie Suleiman Stalski gegeben, die ohne Bücher lebten und groß wurden. Fehlte Großvater ein Gran Intelligenz? Fehlte ihm der Glaube an sich selber? Schien ihm der Sinn des Lebens darin zu bestehen, anpackbare Dinge zu besitzen und zu vermehren?
Und damals, als Großvater als ein *Rumgeher* umherging, war das keine schlechte Grundlage für das Leben eines Dichters, aber Großvaters Dichtungen bestanden nur aus Gesprächen. Großvater riß die Leute in die Gespräche hinein, um sie kauflustig zu machen und er handelte vor allem mit Kriegstuchen.
Seine *Tuche* kaufte Großvater bei der Firma Schwetasch und Seidel, Stoffe und Tuche en gros, an der Hammerlache. Das war eine teichartige Ausbuchtung der Spree, hinter der Stadt, denn die Muttereltern wohnten in der Kreisstadt, und sie wohnten dort im ältesten Haus, *An der Mühlen Numero Eins*. Die Großmutter betrieb in diesem Hause einen Flaschenbier- und

Gemüseladen. Das hatte zur Folge, daß sich Großvater im Herbst zum Pächter einer Apfelbaumallee zwischen den Dörfern Graustein und Schönheide machte und daß er bei den Bauern Gemüse aufkaufte. Er nahm damit den Bauern den Weg in die Stadt ab. Die Bauern wußten das zu schätzen, denn sie hatten ihre Pferde in den Krieg liefern müssen, und die Landgendarmen hatten ihnen die Pneumatiks von den Fahrradfelgen patriotisiert. Man gestattete ihnen, sich als Pneumatikersatz Spiralfedern aus Eisendraht zu kaufen. Die Spiralfedern wurden in die Fahrradfelgen einmontiert, und sie machten das Radfahren zur Qual, und das Geholper erreichte fast die Lärmstärke heutiger Motorräder mit abgesägtem Auspuff.

Großvater machte sich also zum fahrbaren Kauf- und Tauschhaus. Er treckte seinen Handwagen täglich zwanzig und dreißig Kilometer über die Sandwege der Heide. Der Handwagen war mit Obst oder Gemüse beladen, und Großvaters Handelsmannskoffer lagen obenauf, und es war eine Schinderei für Großvater, doch gewiß nicht ohne Gewinn.

Wenn Großvater seinen Handwagen mit einem langgezogenen Brrrrr! auf dem Hofe des Kottens angehalten hatte, küßte er uns. Er zwirbelte sich den aschblonden Schnurrbart und zwinkerte uns zu, und er kramte aus dem Handwagenkasten ein Stückchen Speck oder eine Schinkenscheibe, einen Klecks Butter, ein Töpfchen Magerquark oder ein Kännchen Buttermilch, und er schleuste die Raritäten heimlich in die Küche der Mutter, denn die Vorratsschränke in dieser Küche waren in der Regel so leer, daß sich dort nicht eine Fliege hätte von Krümeln ernähren können.

Sodann führte uns Großvater seine musizierende Taschenuhr vor, und wir durften mit seinem Kompaß spielen. Wenn uns diese »technischen Wunderwerke« zu langweilen begannen und unsere Gier auf Neues wieder emporquoll, so packte uns Großvater, und er ließ uns kopfunter in der niedrigen Bodenstube an der Decke entlanglaufen. Da hatten wir dann den Tisch und die Waschkommode unter uns, und die gewohnte Welt verkehrte sich und verströmte einen neuen Reiz, und damals wuchs die

Lust in mir, meinen anerzogenen Standpunkt zur Welt mit einem poetischen Standpunkt auszutauschen.

Wenn die Äpfel an den Alleebäumen reiften, kam Großvater mit einem alten Schafpelz und einem geborgten Fernglas aus der Stadt. Er quartierte sich für Wochen bei uns ein. Wenn Zepter und Krone auf den Bildern in unserem Märchenbuch aus einem bärtigen Mann einen König machten, so machten Schafpelz und Fernglas aus unsrem Großvater einen Apfelwächter, und es war so reizvoll an unserem Muttervater, daß er heute dies und morgen das sein konnte.

Über den knirschenden Grobkies der Landstraße bewegten sich Bauernwagen, Militärfahrzeuge, Fußgänger und Kolonnen von Kriegsgefangenen. Es gab in der notdurchwirkten Kriegszeit viele Menschen, die der Marmelade aus roten Rüben überdrüssig waren und zu Apfeldieben wurden.

Großvater bewachte Tag und Nacht die erpachtete Obsternte. Am Tage half das Fernglas und nachts half der Schafspelz Großvater beim Bewachen seiner gepachteten Ernte, und er wickelte sich in den Pelz, und er legte sich in den Chausseegraben, und er »wartete« auf die Apfeldiebe.

Am Tage durfte ich mit auf die *Apfelwache*. Wenn die Straße frei war, hängte mir Großvater das Fernglas um. Das Fernglas war für mich ein Zauberglas, und ich holte mir mit ihm die fernen Bäume, die Sträucher, die Äpfel, den Kirchturm und die Herbstblumen näher. Wenn ich das Glas absetzte, verschwanden die Blumen und die Äpfel. Sie verschrumpften in der Ferne. Ich drehte das Glas um, und es schrumpften auch der Kirchturm und die Bäume in die Ferne ein, und sie verschwanden in der Unendlichkeit.

Das war wieder ein aufregendes Spiel mit Gesichts- und Standpunkten. Es beschäftigte mich bis in meine Jünglingsjahre hinein, und es beschäftigt mich noch heute, weil ich feststellte, daß viele große Geister, die über die Erde gingen, das Leben vieldimensional an- und überschauten und daß sie das allein mit ihrer Phantasie bewältigten, ohne die vielen Apparaturen, auf die wir Menschen des *wissenschaftlichen Jahrhunderts* nicht glauben verzichten zu können. Aber eine Weile später erkannte ich, daß all die von uns erfundenen Apparate nichts anderes sind als greifbar gemachte Phantasie, und der Kreis meiner Beobachtungen schloß sich.

Einmal fuhr die Nachzucht des Gutsbesitzers in der Kutsche unter Großvaters gepachteten Apfelbäumen dahin, und die halbwüchsigen Adelssprößlinge schlugen die Goldparmänen und die Reinetten mit Stöcken und Peitschen zu sich in den Kutschkasten. Großvater stellte sich auf die Straße, breitete die Arme aus, trat dem Fuhrwerk entgegen, fiel den Kutschpferden in die Zügel und rief den äpfelkauenden Adelskindern zu: »Bezahlen, oder ich zeig eich an!«

Die Freiherrenkinder durchkramten ihre Taschen. Auch der Kutscher suchte in seiner Livree nach Kleingeld, aber Großvater sagte zum Kutscher: »Dein Geld will ich nicht!« Aber das Geld der Adelskinder kassierte er, und er sammelte die gestohlenen Äpfel ein, und als die Kutsche davongefahren war, sagte Großvater zu mir: »So kummt man zu Gelde!«

Großvater schenkte mir die eingesammelten Geldstücke. Ich dachte an meine Sparkasse daheim. Das war eine blecherne Windmühle mit einem Schlitz zum Einwerfen von Geldstücken. Das Sparen war mir von der Mutter zur Tugend heraufgeredet worden: Du sollst nicht lügen! Du sollst nicht stehlen! Du sollst sparen! Aber für mich war nur lustig, daß sich die Flügel der blechernen Windmühle drehten, wenn ich ein Geldstück durch das eingeschlitzte Dach steckte.

Es war ein Sonntagvormittag. Wir sahen durch unser Fernrohr, wie sich eine schwarzgemummte Kleinbäuerin näherte. Sie kam vom Gottesdienst. Sie trug ihr Kirchengesangbuch in einem weißen Bündelchen, und sie trug außerdem einen geflochtenen Henkelkorb, und sie pflückte sich Äpfel in den Henkelkorb, denn sie wollte wohl nicht ganz leer aus der Kirche in die Küche zurückkehren.

Wir lagen im Chausseegraben. Die Herbstfliegen umsummten uns, und die Heidelerchen sangen. Die Frau kam näher und näher, und Großvater hielt sie an, und er sagte: »Mir scheint, du

hast gestohlen, Frau!« Die Alte sagte mit weinerlicher Stimme: »Lieber, lieber Mann, zeigen Sie mir nicht an. Ich will dem Jungchen ein Talerchen schenken, ja, das will ich, will ich!«
Und sie suchte in der Tiefe ihrer Rocktasche nach ihrem bestickten Geldtäschchen, und sie zog es mit zitternden Händen heraus, und sie weinte, und sie tat mir leid. Ich weigerte mich, den hingereichten Taler anzunehmen, aber das ging gegen die Konsequenz des Großvaters, das ging gegen seinen Starrsinn und seinen Erwerbsgeist. Dieser Starrsinn und dieser Erwerbsgeist zeugten viel Böses in Großvaters und in unserem Leben, aber das wußte ich damals noch nicht; und damals war Großvater für mich noch der unantastbare, der unfehlbare Mann.
Und weil ich den Reuetaler der Alten nicht nahm, tadelte mich der Großvater und sagte: »Du wärscht mir ein Geschäftsmann!« Er strich den Taler selber ein, nahm der Kleinbäuerin die Äpfel ab und sagte: »Nu geh, alte Tschedrauka, wie würde es dir gefallen, wenn ich mir bei euch im Garten Äpfel mausen möchte!« Die Alte nickte, und sie trippelte davon. Die Heidelerchen sangen, und sie ließen ihre weichen Töne auf uns herabkullern, und jeder Baum, auf den sich eine Heidelerche setzte, gehörte ihr.
Und es war an einem anderen Tage (die Kindheit kennt keine Daten), da sah ich durch das verkehrt herum angesetzte Fernrohr einen kleinen Mann um die Chausseekurve schlendern. Der Mann zog mit einem Rechen die Baumzweige herunter, und er pflückte sich die Taschen voll Äpfel.
Ich gab das Fernrohr dem Großvater. Der Großvater sah hindurch. Er fluchte, denn der Apfeldieb war mein anderer Großvater, mein Stiefgroßvater, und der hieß Jurischka, und er wohnte in unserem Dorfe. Die beiden Großväter waren nicht die besten Freunde, und als Großvater Jurischka heran war, sagte Großvater Kulka: »Eine feine, feine Verwandtschaft!«
Die beiden Großväter stritten auf sorbisch. Da sie wütend und verschliffen sprachen, verstand ich wenig, aber das Wort Teufel wurde von beiden mehrmals gebraucht. Dann wandte sich Großvater Jurischka ungewohnt liebevoll an mich, und er sah

durchs Fernglas gegen das Dorf Schönheide hin, und Großvater Kulka zog ihm hinterrücks die gestohlenen Äpfel aus den Taschen. Aber dann fragte mich Großvater Jurischka, von wem wir das Fernglas hätten, und ich sagte es ihm arglos. Zwei Tage später wurden wir unser Fernglas los, und das Fernrohr mußte abgeliefert werden, weil alle Fernrohre in den Krieg gehörten, auf daß unsere Helden den Feind besser sähen.

Das war eine der ersten diplomatischen Spannungen in unserer Familie, aber sie schlugen zu jener Zeit noch nicht in einen Familienkrieg um, weil ein größerer Krieg über allem hing.

Ich lebte wochenlang bei den Großeltern in der Kreisstadt. Ich würde dort nicht »soviel entbehren wie daheim«, sagte die Mutter. Ich wußte nicht, was ich entbehrte. Was der Mensch nicht kennt, das entbehrt er nicht. Ich kannte kein Weizenbrot und gierte nicht danach, ich kannte keine Schokolade und ich verspürte keinen Appetit auf sie. Ach, es gibt so wenige echte, aber so viele unechte Bedürfnisse, und ich träumte davon, daß wir Kommunisten uns eines Tages aufschwingen und den Menschen helfen, die unechten von den echten Bedürfnissen zu scheiden, selbst wenn wir uns dabei wieder einmal ganz und gar »unpopulär« machen sollten.

Auch in mir wurden damals Bedürfnisse geweckt, echte und unechte, denn Großvater nahm mich mit auf *Fettlebe* in die Hoyerswerdaer Sorbei, und dort wohnten seine Verwandten und Altbekannten. Die Bewohner der sorbischen Dörfer kauften ihre Tuche auf *Beziehscheine* gern bei einem *Rumgeher*, mit dem sie auf sorbisch feilschen konnten. Großvater war beredsam, und er war witzig, und er verstand die Schönheit der Frauen zu loben, und er sagte zum Beispiel: »Maika, wenn ich dir so in die Augen seh, tut mir leid, daß ich schon verpaart bin!« Und er verkaufte seine Nesselschürzen.

Ich hörte mit an, wie Großvater warb. Die Abbilder von Orten, Dingen und Handlungen verschwanden in meinen Augen, und ich kleiner Mensch fiel den mütterlichen Frauen in die Augen. Ich wurde hier mit Butterbroten und dort mit Grützwürsten abgefüttert, und ich kam zu den ersten Himbeeren meines Lebens.

Eines Tages nahmen wir Großmutters Rückenkorb mit auf die Hausierertour.

»Was soll dir die Kiepe, Matthes?«

»Wart's ab, Lenka, wart's ab!«

Wir kamen in ein Dorf, und das hieß Proschim. Auf den Teichen hinter dem Dorfe wimmelten und blühten die Teichrosen. Sie waren die Materialisation der Zartheit.

Großvater zog sich die Schuhe und er zog sich die Strümpfe aus. Er krempelte seine Hosenbeinlinge auf, und er ermunterte auch mich. Wir stiegen ins Wasser, und wir pflückten Seerosen, Seerosen, Seerosen, und wir warfen sie in den Tragkorb.

Das Wasser erreichte die unteren Ränder meiner Hosenbeinlinge, aber Großvater hielt nicht ein. Er pflückte sich bis an den Bauch in den Teich, und ich pflückte mich bis an die Brust in den Teich hinein, und die weißweißen Wasserrosen waren in dieser Stunde für uns die wichtigsten Dinge der Welt.

Die Kiepe war gefüllt. Wir zogen uns am Ufer die Hosen aus. Wir legten sie zum Trocknen in die Sonne, und wir lagerten uns hemdig nahbei ins Schilfgras. Der Großvater sagte: »Großmutter erzählen wir das nicht erst lange!«, und es machte mich stolz, mit dem Großvater ein *Männergeheimnis* zu haben.

Der Teichschlamm duftete, und die Fliegen summten, die Libellen flirrten, und die Wildenten krächzten, die Spiegelkarpfen plantschten, und im Dorfe krähten die Hähne. Alles zusammen verwob sich in mir zu einer Stimmung, und diese Stimmung heißt heute bei mir *Kindheitssommer.* Ich kann mir diese Stimmung zurückholen, wenn ich mich an das Ufer eines Teiches lege und wenn ich das Summen und Flirren, das Krächzen und Plantschen auf mich einwirken lasse wie damals. Und obwohl es andere Duftwellen sind und obwohl es andere Tonwellen sind, die ich wahrnehme, scheint etwas von dem, was ich meine Kindheit nenne, in diesen Wellen aufgehoben zu sein.

Wir brachten unsere Teichrosen heim. Ich verriet nicht, wie wir zu ihnen kamen, doch die Großmutter sagte: »Der Junge hätt dir hinterrücks ersaufen können, du wirst grau und immer dümmer!« Die Großmutter rollte ihren Waschzuber herzu, und sie schleppte Schüsseln herbei, und zuletzt wurden die Wassereimer gefüllt, und die weißen Blüten der Teichrosen erhellten Großmutters dunklen Gemüseladen.

Es kamen einsame Soldatenfrauen. Sie kauften unsere Teichblumen. Sie lächelten, und sie dachten vielleicht an den letzten Sommerspaziergang mit dem Geliebten. Es schickten Fabrikbesitzersgattinnen ihre Hausmädchen und Köchinnen in den Klein-Leute-Laden der Großmutter, und die kauften unsere Teichrosen als extraordinären Zimmerschmuck für ihre *Gnädigen*. Wir hatten eine Kiepe voll Freude in die kriegsgraue Fabrikstadt geschleppt, und der Großvater sagte beim Geklimper der Ladenkasse: »So kummt man zu Gelde!«

Im Frühling wimmelten im seichten Strandwasser unserer Seerosenteiche Stechfischchen umher, und die hießen Stichlinge. Die Stichlingsmännchen hatten bunte Frühlingsbrüste, und sie hingen im Wasser vor den nestbauenden Weibchen, und sie zitterten, und sie warteten darauf, daß die Stichlingsweibchen den Laich ausstießen, und es gingen Wellen komprimierter Lebenslust durch die Leiber der Fische.

Wir sahen den balzenden Stichlingsmännchen zu, aber dann regte sich in Großvater der Lebenserhaltungstrieb, denn es war Krieg, und die Menschen hungerten, und auch wir hungerten. Wir fingen viele, viele liebesdumme Stichlinge, und wir stopften sie in unseren Hamsterersack, und wir schleppten sie nach Hause.

Großvater kochte die Fischchen. Er kochte sie so lange, bis sich ihre Stachelflossen auflösten und nur mehr Fischzellen im Kochwasser schwammen. Die Fischzellen machten das Wasser seimig. Nach dem Erkalten entstand aus dem Seim ein Gallert, und wir nannten die unsichtbar gewordenen Stichlinge – Fischsülze. Wir aßen diese Sülze zu Brot, und das Brot war mit Holzmehl gestreckt, und Großvater wischte sich nach der Mahlzeit den Schnurrbart und sagte: »So kummt man zu wase!«

Einige der schönsten Stichlingsmännchen ließ Großvater am

Leben. Er setzte sie in ein Goldfischglas, und das Goldfischglas hatte eine barocke Form, und Großvater hatte es auf einer Auktion gekauft.

Großvater stellte das Fischglas auf Großmutters Kommode vor den Spiegel. Die Stichlinge schwammen dort umher und verdoppelten sich im Spiegel. Großvater sagte: »Scheener als Schwetaschens Goldfische!«, und dabei handelte es sich um die Goldfische auf dem Vertiko der Tuchhändlersfrau Schwetasch, und damit ist alles erklärt. Jenes barocke Goldfischglas aber behielt ich als *Andenken*. Es gehört zu jenen *Andenken*, die in unserer Kate bald hier, bald dort im Wege stehen, und es zeugt mit anderen unnützen Dingen, die uns »umstehen«, von meinen nie ganz besiegten Sentimentalitäten.

Die Mutter wollte mich wieder einmal sehen, und Großvater treckte einen Handwagen voll nützlicher Sachen aufs Dorf. Auf der Fuhre saß ich, und aus dem Geratter des Handwagens und aus Großvaters rhythmischen Tritten, aus dem Rauschen der Kiefern und dem Gezirp der Vögel entstanden Melodien, und die Melodien drangen auf mich ein.

Ich kannte damals nur Choräle und Kinderliedchen. Die Choräle holten die überalterten Blasmusiker des Dorfes aus ihrem gebogenen Blech, wenn wieder ein *Held auf dem Felde der Ehre* gefallen war. Meine *Handwagenmusik* war mächtiger als die Choräle, und als ich später Symphonien hörte, überraschten sie mich nicht, und es war nichts Unfaßliches für mich in ihnen, denn ich wußte, daß sie aus dem pfeifenden Wind, aus dem Rauschen der Bäume, dem Säuseln der Gräser, dem Gesumm der Insekten und dem Glucksen des Wassers kommen und daß sie das Weltall durchschweben und daß sie hören kann, wer's vermag. Ich hörte sie damals, und ich höre sie heute, aber ich vermag nicht, sie in Form von Punkten aufs Papier zu bringen, und es gelänge mir nicht, sie mit Taktstrichen zu bändigen und zu bannen. Ich versuche sie deshalb mit der knarrenden Wortkunst zwischen Sätzen einzufangen, so gut ich es vermag, und ich bewundere Beethoven, Mozart, Schubert und andere gesegnete Bemeisterer der Musik.

So lustig und von solcher Farbe war mein Leben um die Zeit, da ich meinen Großvater kennenlernte: wir lebten wie auf einem Stern, und wir wurden einander nicht müde. Es gab keine Mißhelligkeiten zwischen uns, weil Großvater mir in überväterlicher Liebe alles erlaubte und vieles nachsah, und alles, was uns entgegenkam, und alles, was wir an Erleben zu packen kriegten, war erregend, und das besonders für mich, denn ich war neu in der Welt, und mein Leben trug noch den Silberhauch eines jungen Baumblattes.

Der Krieg dauerte vier Jahre. Ich hörte die Erwachsenen von Jahr zu Jahr mehr von Mängeln, Hunger, Leid und Sterben reden. Als der Krieg zu Ende ging, hätte man erwarten können, daß die Erde in Krämpfen erbeben oder wenigstens einen Tag lang freudig zittern würde, aber es geschah nichts dergleichen, denn die Nachricht vom Ende des Krieges ging wie ein Gerücht durchs Land, und man hatte dennmals bereits gelernt, Gerüchte mit Vorsicht aufzunehmen.

Viele Menschen freuten sich, weil sie sich noch auf der Erde und in der sichtbaren Welt befanden; die einen freuten sich, weil man sie nicht erschossen hatte, und die anderen freuten sich, weil man sie nicht hatte verhungern lassen. Die patriotisch geblähten Worte kamen eine Weile aus der Mode, und die Kriegs- und die Hungerkunst gerieten in Mißkredit.

Verhungert, zerlumpt und verlaust taumelte mein Vater aus dem Kriege. Man nannte ihn einen *Heimkehrer*, und dieses gesalbte Wort *Heimkehrer*, scheint mir, war der Same für neue nationale Phrasen.

Nun war der Vater da. Ich wurde mit meiner Schwester aus der mütterlichen Schlafkammer quartiert, und wir bezogen die kleine Bodenstube des Kottens, und es hieß, daß der Vater nun immer bei uns bleiben würde.

»Immer, immer, Mutter?«

»Immer, immer!«

Im Gastwirtschaftssaal der Großeltern Jurischka fand ein *Heimkehrerball* statt. Da war es wieder, dieses Samenwort für patriotischen Schwulst! Der Vater stieg in den Bräutigamsanzug. Der schwarze Anzug hing lappig an ihm herunter, und die Mutter überzog sich mit einem blaßblauen Kleid, und sie ging steif hinter ihrem Korsett umher, und sie erschien uns unnahbar und fremd.

Bis zum Tage des *Heimkehrerballes* kannte ich keine Furcht. Man konnte mich in der Dunkelheit in die Nachbarschaft schicken, und ich bestellte, was dort zu bestellen war, aber an jenem Abend drang das Tanzgedudel bis zu uns in die kleine Bodenstube, und ich begann mich zu fürchten. Vielleicht war's, weil die Mutter so fremd getan hatte; vielleicht war's, weil sie in einer geheimen Freude von uns gegangen war; vielleicht war's, weil wir den Ursprung dieser Freude nicht kannten.

Auf unserem Nachttisch stand eine kleine Karbidlampe. Sie stand in einem Wassertopf. Das gasbildende Karbid ging zu Ende. Ich lag neben meiner Schwester im Bett und starrte auf die kleiner werdende Flamme. Ich fürchtete mich, und die Furcht war so neu, und ich rührte mich nicht, und machmal denk ich, daß heute oder morgen der Tod eine so neue Erfahrung für mich sein würde und daß sie eine ähnliche Erstarrung in mir auslösen würde, eine Erstarrung für Jahrtausende.

Aber auch damals wähnte ich, die kleine Karbidflamme würde verlöschen und mein Leben würde damit verlöschen. Ich entsann mich meiner unerstarrten Stimme und schrie. Meine Schwester erwachte, und ich beschwor sie, die Lampe zu schütteln.

Meine Schwester schüttelte die Karbidlampe, und ich lag selbsthypnotisiert daneben und schrie, und die Flammenmandel der Lampe vergrößerte sich, und es war mir, als hätte mein Leben noch eine Frist erhalten.

Meine Schwester schlief wieder ein, und die Flamme des Lämpchens verkleinerte sich wieder, und ich schrie wieder, und ich weckte meine Schwester, und ich flehte sie an, die Lampe zu schütteln, und sie tat es, und ich schrie trotzdem, schrie und schrie . . .

Und die Tür unseres Stübchens öffnete sich, und es war, als ob sie ein Windstrahl getroffen hätte. Meine Mutter stand in der Stube. Ihr Gesicht war zornig, und das zornige Gesicht paßte zu

ihrem fremden Kleide. Die Stube war klein, und die Mutter war eine Riesin. Sie packte mich mit der linken Hand, und sie hob mich aus dem Bett, und sie schlug und schlug mich mit der rechten Hand, und die Hand steckte in einem Tüllhandschuh, und ich fühlte die runde Härte des mütterlichen Eheringes auf meinem nackten Gesäß, und meine Stimme erstarrte.
Die Mutter blies die Lampe aus. Sie entfernte sich. Es war, als wäre sie hinter dem Korsett nicht nur steif, sondern auch stumm geworden. Sie schloß die Tür, und sie ging treppab und der *Heimkehrerballmusik* entgegen.
Und als meine Stimme zurückkehrte, rief ich nach meinem Großvater, und der Großvater schien mir in diesem Augenblick der verläßlichste Mensch der Welt zu sein, und ich winselte mich in eine der ersten Verwandlungen meines Lebens hinein.

Als ich noch ein Pferderäuber war

Ich will erzählen, wie man ein Pferderäuber wird, aber sollten auch andere Tatsachen die Gelegenheit nutzen und mich zu ihrem Maul machen, so werde ich sie nicht daran hindern.
Ich war zehn Jahre alt, als ich das erste Pferd für die väterliche Kleinlandwirtschaft erhandelte. Das war mein Gesellenstück als Pferdehändler, und die Tatsache ging in die mündliche Familienchronik ein.
Das erhandelte Pferd war ein weitgereistes Tier, eine »importierte« Trakehnerstute, ein Roß aus dem damaligen Lande Ostpreußen also, ein Rassepferd, und auf den Schenkel der Stute war die Stilisierung einer Elchschaufel gebrannt, und die Stute war eine Einmaligkeit unter den Pferden, die bis dahin über unseren Hof gezogen waren.
Ich hatte das hirschrote Tier bei einem Kleinbauern im Nachbardorf entdeckt, und der Kleinbauer hatte die Trakehnerin von einem verkrachten Gutsbesitzer erworben.
Die Stute gehörte dort zur »Konkursmasse«, und sie war billig gewesen, aber der Kleinbauer konnte sie nicht behalten, denn sie war ihm als Einzelpferd zu schwach, deshalb wollte er sie verkaufen, und er wollte sie nicht ohne Gewinst verkaufen. Sie sollte fünfhundert Mark kosten.
Der Preis überstieg unsere Verhältnisse, doch ich beschwor den Vater, die Gelegenheit nicht zu versäumen, ein gutes Pferd zu kaufen, und der Vater gab nach, aber er machte zur Bedingung, das Pferd dürfe nicht mehr als dreihundert Mark kosten.
Ich weiß nicht, ob der hagere Stutenverkäufer sich über mich lustig machte oder ob er meine eingelernte pferdehändlerische Geschicklichkeit bewunderte, jedenfalls handelte er mit mir, doch beim Preis von dreihundertundfünfundsiebzig Mark stockte der Handel.
Ich rannte nach Hause, und ich verständigte den Großvater, und ich tat damit, glaub ich, nichts anderes, als es Botschafter in der

großen Politik tun, wenn sie mitten in Verhandlungen in ihre Heimatländer zurückfliegen, um sich Direktiven für eventuelle Kompromisse zu holen.
Großvater erklärte sich bereit, fünfundsiebzig Mark auf den vom Vater bewilligten Betrag draufzulegen, und er ging mit ins Nachbardorf, aber der krummhagere Bauer sagte, er hätte nur spaßhalber mit mir gehandelt, er könne das Pferd nicht für einen Schinderpreis hergeben. Ich sah den Bauern aus dem Keller meiner kindlichen Enttäuschung an, und der Bauer schien zu spüren, daß er dem Weltgewissen gegenüberstand.
Die Trakehnerstute zog bei uns ein, und sie war fromm. Das Adjektiv »fromm« benutzt der Mensch nur für sich und für Pferde, aber damit die Unterschiede zwischen Mensch und Pferd nicht ganz verwischt werden, bringt es ein Pferd nur zur *Frommheit* und nie zur *Frömmigkeit*. Jawohl, das O mit den zwei Strichelchen am Kopfe behielt sich der Mensch sicherheitshalber vor, aber man kann trotz dieses mückigen Unterschiedes ermessen, wie nahe ihm das Pferd einst gestanden haben muß, als es ihm noch Rakete und Ernährer zugleich war.
Die Stute war also fromm, und das war wichtig für meine Mutter. Sie streichelte das Tier mit ausgerecktem Arm. Die Stute zog den Mistwagen und den Pflug, und das war wichtig für meinen Großvater; er bearbeitete unsere kleinen Äcker mit ihr. Die Stute ließ sich reiten, ging in der Kutsche und war schön. Das war wichtig für mich. Es lag ein goldener Schimmer über dem hirschroten Fell der Stute. Ihr Haar glänzte, und es ging eine große Schönheit von der Stute aus. Wenn die Stute auch Fohlen bekommen hätte, wäre mein Ruhm als Pferdehändler in der Familie und im Dorfe noch größer gewesen, aber die Stute bekam keine Fohlen mehr, denn man hatte sie zu lange nicht als Zuchtstute benutzt, und sie fohlte nicht mehr.
Mein Vater fuhr mit dem Brotwagen in die Nachbardörfer, und er ließ sich gern mit der Stute und ihren raumgreifenden Gängen und ihrem unermüdlichen Trab sehen, und alles ging gut, und alle waren mit der Stute zufrieden.
Der Sommer kam. Der Sommer ging. Graue Pferdebremsen

wurden geboren. Sie nährten sich von Pferdeblut, sie waren ein ganzes Geschlecht, das sich vom Blute der Pferde nährte. Sie zeugten Junge und verschwanden. Die Bäume und die Sträucher zeugten Blätter und verloren sie im Herbst, und wir nannten die Blätter Fallaub. Im Frühjahr erschienen neue Blätter, und auch die alterten im Laufe eines Sommerhalbjahres, und sie erstarrten zu Fallaub und fielen, und alles schien sich zu wiederholen, die Bremsen und die Blätter, doch es waren in jedem Sommer andere Pferdebremsen und andere Baumblätter, denn wir sind grobsinnig und täuschbar.

Auch unsere Stute alterte unter ihrem Goldglanz. Sie wurde anfällig, und eines Tages steckte das Stutenschicksal in der Gestalt eines Immersäufers den Kopf aus dem Fenster des Wirtshauses und rief: »Nicht so stolz, Bäcker, vorm Durst sind wir alle gleich, Bäcker!«, und der Vater konnte diesen Zuruf aus Rücksicht auf seine Kundschaft nicht unbeachtet lassen.

Es war ein eisklarer Märzentag, und es graupelte. Es war ein Tag, an dem es angenehmer war, Grog als Bier zu trinken, und die vom Brotausfahren erhitzte Trakehnerstute stand uneingedeckt im eisverbrämten Ostwind vor der Wirtshaustür.

Die Stute wurde krank. Sie bekam Verschlag, und sie konnte die Hinterbeine nur noch schleppend bewegen. Obwohl ich weiß, daß ein Pferd keine Hinterbeine hat, schreibe ich nicht *Hinterhand*. Ich bitte alle Pferdemänner und alle Mitglieder der Reit- und Pferdezuchtverbände, mir zu verzeihen, denn es sollen mich viele Leser verstehen, aber sie werden mich nicht verstehen, wenn ich im Berufsgruppen-*Latein* schreibe, in der Kastensprache der Jäger zum Beispiel mit ihren *Lauschern, Löffeln* und *Geäsen*.

Ich nehme es den *Grünröcken* nicht übel, wenn sie über mich, den gemeinen Mann, die *Riecher* rümpfen, und ich bitte auch prophylaktisch die Sportler um Entschuldigung, wenn ich ihren Berufsjargon ignoriere, denn es bleibt dabei: ich halte den *Dadaismus* für dekadent.

Der Großvater behauptete, mein Vater wäre schuld an der Krankheit der Stute, er hätte sie zu lange uneingedeckt vor dem

Gasthaus stehenlassen. Aber Schuld her, Schuld hin: der Tod sucht Ursache, und Großvater hätte nicht so ausfällig werden sollen, den »alle sieben Jahre paßt ein Schuh«, heißt es bei uns in der Heide, und darin steckt eine Erfahrung: Nachlässigkeiten und Versehen, für die du deinen Nachbarn tadelst, als ob du sein Oberrichter wärest, sind schon unterwegs zu dir, und es kann sieben Jahre währen, bis sie dich erreichen, aber sie treffen auch dich, und auch du wirst was vernachlässigen, und auch du wirst etwas versehen.

Großvater rieb die Stute mit Kampferspiritus ein, legte ihr Lehmkompressen auf, und er probierte all seine Pferdeheilkünste durch, doch sie schlugen nicht an. Die Augen unserer Trakehnerstute trübten sich, und der Goldglanz ihres Haares flog mit der Gesundheit davon. Der Tod begann in der Stute einen geheimnisvollen Beschluß des Lebens zu verwirklichen, und er saß bereits im Blute und in den Muskeln der Stute, und er löste die Stute von dorther auf.

Unsere Trakehnerin sollte zum Roßschlächter im Glasmacherort in der Heide gebracht werden, aber wer sollte sie hinführen, wer?

Der Großvater wollte den Galgengang nicht übernehmen. Der Vater hatte keine Zeit. Die Großmutter sollte die Stute nicht wegbringen, denn ein *Schindergang* war keine Weibersache. Es blieb nur einer übrig, und das war ich, und ich war stolz, daß mir Großvater die Mannshärte für den Schindergang zutraute.

Ich schob mir zwei Butterbrote in die Jackentaschen, setzte die Schirmmütze auf und ging zum Stall. Ich nahm dem Großvater den Strick aus der Hand, aber ich vermied es, die Stute anzusehen, und ich sah starr zum geöffneten Hoftor hinaus. Ich verhielt mich, wie sich der Mensch im allgemeinen dem Unglück gegenüber verhält: er sieht ab von ihm, obwohl was zu lernen wäre, wenn er hin- und draufsähe, aber der Mensch schaut lieber in die Zukunft, und er träumt, daß die Zukunft makellos und ohne Unglück sein wird, und dabei leuchtet aus einem Loch am Wege schon die rote Mütze seines nächsten Unglücks, und er hätte

dieses Unglück vielleicht umgehen können, wenn er sein letztes Unglück genauer betrachtet hätte.
Auf dem Mühlberg hinter der hölzernen Windmühle straffte sich der Stutenstrick. Ich mußte mich doch umschauen. Die Stute blickte nach dem hellgelben Bäckereigehöft zurück. Es war, als ob sie ahnte, was ihr bevorstand. Wenn ich meinen Großvater gefragt hätte, ob die Stute es ahnte, so hätte er mir geantwortet: »Sie ahnt es!« Aber der Großvater war ein einfältiger Kossät, und seine Antwort wäre anzweifelbar gewesen, doch war auch ein gewisser Thomas Mann einfältig, wenn er behauptete, Transzendenz sei vor allem im Tierischen? Er wird es wohl erfahren haben. Ich stehe nicht an, Dichtern genauso zu traun wie Wissenschaftlern, weil ich erfuhr, daß in jedem echten Wissenschaftler ein Poet und in jedem echten Poeten ein Wissenschaftler steckt, und die echten Wissenschaftler wissen, daß ihre Hypothesen dichterische Ahnungen sind, und die echten Dichter wissen, daß ihre Ahnungen unbewiesene Hypothesen sind, und weder die einen noch die anderen lassen sich von der Mannigfaltigkeit der Erscheinungen verwirren oder halten einander für Kontrahenten.
Als die Stute sich mir zuwandte, war's mir, als rännen Tränen aus ihren getrübten Augen, und da tropfte auch mir das entsprechende Wasser aus den Augen, und der Wind, der die Mühle trieb, wehte meine Männlichkeit davon. Ich verfütterte meinen Reiseproviant an das Tier, denn ich erhoffte mit dieser Gift Verzeihung für meine beabsichtigte Roheit von der Stute zu erlangen, und ich wendete, und ich trieb heimzu, und der Stutenstrick hing durch, und er spannte sich nicht mehr.
Der Großvater trat aus seiner Baukammer. Er sah, was mit mir war, und er atmete tief. Alle Luft über dem Hofe schien in seiner Lunge zu verschwinden, und dann brüllte er: »Der Deibel soll dir holen!« Niemals vorher und nachher hat mich mein Großvater so zornig beschimpft wie dennmals, als ich die Todesstute zurückbrachte. Er explodierte, und seine Worte sprangen wie giftige Splitter umher, und wer mich je in gleicher Weise »explodieren« sah, der halte mir zugute, daß da das Erbteil von

meinem sorbischen Muttervater durchbrach. Ich mühe mich, dieses Erbteil zuunterst in der Truhe meiner Charaktererbteile zu halten, aber es gibt immer wieder Anlässe, die es telekinetisch nach oben fahren lassen.

Brecht versuchte mich zu lehren, wie man seinen brausenden Zorn, wie man seine rappeligen Zörner bezwingt und wie man sie in *Theaterkräche* ummünzt, aber je länger ich Brecht kannte und beobachtete, desto gewisser wurde mir, daß auch ihm nicht immer gelang, was er mich lehren wollte. Wenn nach einem seiner *Theaterkräche* seine Halsmuskeln zuckten, so hatte sich das Leben nicht von ihm belehren lassen.

Großvater packte den baumelnden Pferdestrick. Er machte sich barhaupt auf den Weg in den Glasmacherort. Er fluchte, und er spie nach allen Seiten aus, und seine Tränen tropften auf den blauen Kutscherschurz.

Wenn man sich eine Stärken- und Längenordnung für Gewissensbisse vorstellt, dann steht auf der obersten Zeile die Qualenmenge, die sich der Umbringer eines Menschen zu machen hat, sofern er diesen Menschen nicht für sein Volk oder Vaterland oder aus politisch unumgänglichen Gründen, wie es des öfteren heißt, umbrachte, denn in diesem Falle verteilen sich die Gewissensbisse auf alle Mitglieder der Gemeinschaft, für die er mordete, und er darf sich fast so fühlen, als wäre er kein Mörder. Auf den unteren Zeilen dieser Liste würden dann die Zeitlängen von Gewissensbissen stehen, die den Vernichtern von Blattläusen und Wasserflöhen abverlangt werden, und die Zeiträume dieser *Bisse* wären kurz, fast nicht mehr registrierbar, und die Gewissensbisse für die Vernichtung von Mikroben würden überhaupt nicht aufgeführt sein, denn an der unteren Grenze seiner Sehkraft scheint die Verantwortung des Menschen für das Leben zu enden, obwohl wir seit langem wissen, daß das ein Irrtum ist, denn der Mensch bekommt es zu spüren, wenn er zum Beispiel gegen Bodenbakterien frevelt und die Erde, aus der er selber herauswuchs, verwüstet, aber wir fahren trotzdem fort, in diesen Dimensionen zu sündigen.

Es wurde nötig, ein neues Pferd anzuschaffen: In den Nachbardörfern wartete die Brotkundschaft, und die Äcker mußten bestellt werden. Wir mußten uns ein Pferd zum Brotausfahren leihen, und wir liehen uns eines in der Nachbarschaft. Die Großmutter mußte als Bittstellerin und ich mußte als Kutscher in die Nachbarschaft gehen. »Pferd und Frau verborgt man nicht, lieber die Frau«, sagten die Heidbauern, aber die Großmutter konnte so herzheiß bitten, daß sie ihren Lebensunterhalt auch hätte als Bettlerin bestreiten können. Wenn wir unser Leihpferd erhalten hatten, faltete Großmutter ihre Hände unter der Schürze, und sie betete zu Gott, er möge dafür einstehn, daß das geliehene Pferd nicht allzuviel Mucken habe und daß es nicht lospreschen möge, bevor man auf dem Brotwagen saß. »Liebes Jechen, sei uns gnädig!«

Es mußte ein neues Pferd heran, und der Vater fuhr mit dem Fahrrad zum Pferdemarkt. Er kam zu spät dort an, denn alle Pferde, die paßrecht für uns gewesen wären, waren schon verhandelt, aber der liebe, liebe Zufall trieb meinem Vater in einer Marktschenke den Gelegenheitsviehhändler Karle Sudler aus dem Nachbarort entgegen: Wenn der Vater und Karle Sudler auch Nachbarn waren, zwischen deren Gehöften nur zwei Quadratkilometer mit Pflaumenbäumen umsäumte Felder lagen, so begrüßten sie sich doch wie Mitglieder einer Expedition, die von verschiedenen Punkten zum Pol aufbrachen, denn der kleine Bauernmensch erzittert in der Fremde, und die beginnt hinter seinem Dorfe, und er ist in der Fremde bereit, sich mit seinem ärgsten Feind zu versöhnen, weil das, was sie im Heimatdorf verfeindete, draußen im Weltenraum gegenstandslos wird.

Karle Sudler war schwarzhaarig, und er hatte glutvolle Dunkelaugen. Man munkelte, seine unbemannte Mutter, eine Hebamme, die straßauf, straßab unterwegs war, um den Bauernkindern ins Leben hinein zu helfen, hätte eines Tages mit einem Zigeuner zusammen im Straßengraben abgerastet.

Karle Sudler war ein *Denksportler*, obwohl diese Sportart damals noch nicht bekannt war, denn die Kreuzworträtsel waren noch nicht erfunden, und wenn sie erfunden gewesen wären, so hätte das dem Sudler-Karle nichts genutzt, denn er las keine Zeitung.

Sudler fertigte sich die Denksportaufgaben selber an, doch sie waren nicht so harmlos wie die heutigen, und die meisten ließen sich in der Frage zusammenfassen: Wie verwende ich meine Skrupellosigkeit, um mich an weniger skrupellosen Mitmenschen zu bereichern?
Karle Sudler begrüßte meinen Vater ausgiebig und groß, und er unterbreitete meinem Vater seine Biedermannssorgen. Er verriet meinem Vater unter Brüdern, daß er seit dem Frühmorgen auf ein paar dunkelbraune Kutschpferde aus wäre, daß es sich um eine Stute und einen Wallach im Brandenburger Modell handele und daß ein Tuchfabrikant das Gespann »abstoßen« wolle, um sich jüngere *Prescher* zu kaufen. Karle Sudler hatte den Klepper, der seinen Kutschwagen zu Markte getreckt hatte, bereits verkauft, und er hatte die Fabrikantenpferde schon »mächtig« heruntergehandelt, aber das Geld, das er bei sich führte, reichte nicht, um das Passergespann zu kaufen.
Karle Sudler machte den Vater auf das Kutschgespann lüstern. Er schlug vor, der Vater sollte eines und er würde das andere der Passerpferde kaufen, und an Sonntagen würden sie die Pferde zusammenspannen, und sie würden Hochzeits- und Kutschfahrten unternehmen. »Wir werden fahren, fahren werden wir, daß alles rumpelt«, sagte der Sudler, »und die Pferde werden sich verzinsen, daß unseren Neidern die Augen übergehn!«
Das Pferdegespann war bis auf sechshundert Mark heruntergehandelt, und das war billig für zwei brauchbare Pferde, aber der Sudler-Karle hatte nur zweihundertundfünfzig Mark in der Tasche, jedenfalls in der Tasche, in die er griff, als es ans Bezahlen ging, und mein Vater, dem der Geldmangel seines »Kompagnons« peinlich war, legte wortlos und vornehm dreihundertundfünfzig Mark dazu, und Karle Sudler nickte zustimmend, weil der Vater genau das tat, was Sudler von ihm erhoffte, und weil der Vater es so vornehm und schweigend tat.
Vater und Karle Sudler fuhren im Kutschwagen heim. Das alte Fahrrad des Vaters klapperte hinten im Herrschaftssitz vor sich hin. Sie kehrten unterwegs in den Gasthäusern ein, und sie ließen ihre künftigen Hochzeitsfuhrenpferde bewundern, und der Va-

ter bezahlte die Zechen, weil die Brieftasche vom Karle Sudler – wir wissen ...

Und endlich kamen sie in unserem Dorfwirtshaus an, und dort teilte der Sudler-Karle in der Gegenwart der männlichen Dorfbevölkerung die Pferde auf, und er sagte zum Vater: »Für deinen Brotwagen brauchst du etwas Spritziges«, und er teilte dem Vater die etwas leichtere Stute zu, und die anderen Männer nickten, weil neue Pferde künftige Dorfbewohner waren, die das ganze Dorf in den Nachbardörfern oder in der Stadt repräsentierten.

Nun war die Stute da, und der Wallach war dort. Die Stute war ein gängiges Pferd für unsere Zwecke. Großvater war dem Vater noch immer gram wegen der verlorenen Trakehnerin, aber jetzt konnte er nicht mehr widerstehen, und er sah sich die neue Stute an, und er fand sie fast untadelig, denn »wer da fürchtet Spat und Galle, hat nie ein gutes Pferd im Stalle«.

Es gelüstete Großvater, das ehemalige Kutschpferd bei der Feldarbeit auszuprobieren. Er probierte es aus, und der Stute schienen Ackerwagen, Pflug und Egge nicht unbekannt zu sein, und sie fügte sich schnell in alle Einspännerarbeiten.

Wir teilten einen Laib Ewigkeit in Stunden-, Tages- und Wochenschnitten. Wir verkrümelten viele Minuten und vergeudeten manche Zeit, und wir wähnten für ein Weilchen, unser Leben an allen vier Zipfeln zu halten, aber eines Tages erschien Karle Sudler mit dem Wallach auf unserem Hofe, und das, was mein Vater glaubte profitiert zu haben, als er in den von Sudler vorgefertigten Pferdehandel stieg, mußte nach- und überbezahlt werden.

Karle Sudlers schwarze Blicke fluckten wie Schüsse aus einer Maschinenpistole umher. Er barmte, sein Wallach ginge schlecht als Einspänner, und er wolle zum Beispiel beim Pflügen nicht in der Furche gehen. Der Sudler-Karle könne seine Äcker nicht ordentlich bestellen, und er bat, und er bettelte: »Gebt mir ein Weilchen die Stute und fahrt mir um Jesu willen den Wallach ein!«

Nun nahm Großvater den Wallach in die Lehre. Das war

überdrauf. Der Wallach war als Einspänner so anstellig wie die Stute, doch er war fauler, und man mußte ihn ohne Unterlaß treiben, und man mußte die Peitsche unausgesetzt wie zum Schlag erhoben halten, und das war ermüdend für den Kutscher.
Nach drei Wochen trabte ich sonntags mit einer Nachricht über die Felder zum Ausbauernhof der Sudlers: »Onkel Sudler, eire Wallach is jetzt im Pfluge eingefahren, ihr könnt eich ihn wiederholen!« Sudlers Schwarzaugen wichen meinem Blick aus: »Noch bißchen brauch ich die Stute, noch bißchen!«
Wir warteten eine Woche, und der Vater schickte mich wieder zum Sudler: »Noch bißchen, Jungchen, noch bißchen!«
Und wieder einen Sonntag später ging der Vater übers Feld zu den Sudlers, und ich ging mit.
Der Vater hatte auf dem Pferdemarkt fünfzig Mark für den Sudler verauslagt. Er verlangte die fünfzig Mark zurück. Der Sudler-Karle gab die fünfzig Mark nicht zurück, denn er behauptete, er hätte die Pferde auf dem Markte ausgehandelt, und mein Vater hätte keine Arbeit damit gehabt, die fünfzig Mark wären sein Händlerlohn. Er wollte auch die Stute nicht herausgeben, weil die Pferde als Gespann gekauft worden wären, und jetzt stünde eben die Stute beim Sudler und der Wallach bei uns, und vorher hätte die Stute bei uns und der Wallach beim Sudler gestanden, alles wäre in der Ordnung.
Der Vater war in der Stadt Hamburg am Atlantischen Ozean geboren, und er hatte in seiner frühesten Kindheit das Land Amerika gesehen. Er war eine Gentlemannatur, und er war nicht der Mann, der da sagte: Die Stute heraus, oder die Bude wackelt! Das zu sagen wäre auch ungeschickt gewesen, denn wir waren auf dem Sudler-Hofe in der Mindermacht, weil dem Sudler-Karle ein Knecht zur Verfügung stand, und dieser Knecht wurde *Politiker* genannt, und es stand ihm die Sudler-Frau zur Seite, und die hatte ein Mundwerk so grob wie ein Kiessieb, und es stand dem Sudler-Karle die Sudler-Mutter zur Seite, und die war Hebamme für sieben Dörfer. Die Sudler-Mutter hatte zwar kein grobes Maulwerk, aber es stand ihr allzeit ein wissendes Lächeln um den Mund, und ewig dieses wissende Lächeln, und das mußte

einer Frau, die an der Pforte des Lebens hantierte, wohl zustehen, und es wollte sich's niemand so recht mit der Sudler-Mutter verderben.

Der Knecht, den man den *Politiker* nannte, wählte bei jeder Reichstagswahl eine andere Partei. Er wählte die gegensätzlichsten Parteien hintereinander; nach den Deutschnationalen die Kommunisten und nach den Sozialdemokraten die Partei eines gewissen Herrn Winter, der sich für die Aufwertung von verfallenen Geldscheinen einsetzte; es kam ganz darauf an, von welcher Partei der war, der dem Politomanen, bevor der »wählte«, eine Flasche Schnaps zuschob.

Man munkelte, der *Politiker* wäre früher Besitzer eines Zeitungsstandes in der Stadt Königsberg gewesen. Er hätte täglich die Zeitungen aller Parteien um und um gelesen, und er hätte sich dabei die gegensätzlichsten politischen Impulsströme einverleibt, und dann hätte es plötzlich in seinem Hirn aufgezischt, und es wären einige seiner Hirnzellen verkohlt.

Mein Großvater hatte nicht den Ehrgeiz, für einen Gentleman gehalten zu werden. Er war der Meinung, die Stute müßte wieder zu uns, und vom Sudler-Karle sagte er: »Wenn wir den haben, dann werden wir den schon kriegen!«

Ein paar Wochen lang herrschte süßeste Eintracht zwischen meinem Vater und dem Großvater, und wir waren die Nutznießer. Wir lebten unser Leben für kurze Zeit, ohne unsere Familiendiplomatie spielen lassen zu müssen, denn wir brauchten beim Erzählen nicht zu beachten: das darfst du vorm Großvater und jenes vorm Vater nicht sagen!

Es war ein seliger Zustand, wie wir ihn aus den Klassenkampfpausen in der Weihnachtszeit und während der Sommerurlaubswochen in unserem Lande kennen.

Es war ein Mittelherbstabend, und die Sonne war vor dem Untergehen, und Großvater säte den Roggen fürs künftige Jahr. Der Vater säuberte mit einer Kartoffelhacke die Furchen des Pachtackers von Queckenwurzeln, und ich wartete auf das Eineggen der Saat. Ich saß pfeifend auf dem Kornsack, und ich ließ den Wallach am Rain ein wenig Queckengras rupfen.

An unserer Feldgrenze lag eine dichte Kiefernschonung. Sie lag da mitten in den Feldern, und sie war ein Unterschlupf für die Fasanen des Gutsherrn. Als mir die Zeit lang wurde, stöberte ich in der Schonung umher. Hinter der Schonung gab es auch Felder, und auf diesen Feldern wurde auch Roggen gesät. Auf der ganzen Felderweite sah man Männer mit Säetüchern und Säemulden, und die warfen taktmäßig die Arme seitlich aus, und sie beschrieben mit den Armen einen Halbkreis.

Wir lebten in einem Roggenland, und wir säten unsern Roggen vor der Schonung aus, und andere Leute, die ihren Roggen hinter der Schonung säten, waren Karle Sudler, sein *Politiker* und der Sudler-Sohn, der Willi. Der Willi war etwas älter als ich, und er war fast konfirmationsfähig. Der Willi saß auch bei den Kornsäcken am Wagen, langweilte sich und schnitzte an einer Gerte. Ich sah das alles, und ich sah die Stute vor dem Sudler-Wagen, und ich sah, wie sie die Ohren spitzte, als sie mich wahrnahm, denn eigentlich war sie ja unsere Stute. Der Willi aber schälte die Rinde von seiner Gerte, und er nahm mich nicht wahr.

Ich ging zu unserer Säegruppe zurück und erzählte dem Großvater, was ich auf der anderen Seite der Schonung gesehen hatte. Später in schlimmen Zeiten erfuhr ich, daß man einen solchen Beobachtungsgang Spähtruppunternehmen heißt, aber damals wußte ich's nicht. Der Großvater aber sagte: »Heute kriegen wir die!«, und er gab mir Instruktionen. Seine Worte waren für mich so heilig, wie die Worte des Moses den Kindern des Alten Bundes heilig waren. Ich sagte bereits, es war Herbst, die Vögel lebten schon geräuschlos, es war Stille in der Luft, und die Erde war saatbereit und harmlos. Damalen wußte ich noch nicht, daß es ebenso still ist, bevor ein Krieg beginnt, und daß die Krieger jenes Volkes, das ein anderes zu überfallen gedenkt, sich so harmlos verhalten wie Mitglieder einer Sekte von Friedenspredigern.

Ich hatte mich in der Schonung versteckt, und ich hielt den gezäumten Wallach am kurzen Zügel, sonst aber war der Wallach nackt; Großvater hatte ihm das Geschirr abgenommen. Ich spähte zu den Sudler-Säern hinüber, und ich sah, daß der Willi

immer noch auf dem Wagen saß. Er kamuschkeite jetzt mit fünf runden Quarzsteinen. Ich kann nicht aufschreiben, wie dieses Spiel auf deutsch heißt, weil ich deutsche Kinder nie kamuschkeien sah. Das Spiel läßt sich allein, zu zweit, auch zu viert oder zu fünft machen. Man sitzt dabei nieder, und man hat fünf Steine vor sich liegen. Man wirft einen Stein in die Luft, und man rafft, solange sich der Stein in der Luft befindet, die übrigen vier Steine von der Erde, um den niederfallenden Stein mit der gleichen Hand aufzufangen. Oder man wirft vier Steine in die Luft und rafft inzwischen einen Stein vom Grasboden – ein Geschicklichkeitsspiel, bei dem es viele Erschwernisse gibt: Man formt zum Beispiel die Hand zur Faust und läßt nur ein kleines Loch in der Faust, und durch dieses Loch muß der fliegende Stein zu den anderen vier aufgerafften Steinen in die Faust schlüpfen, und diese »Figur« heißt *Taubenloch*.
Sicher haben dieses Spiel sorbische Kinder beim Kuhhüten auf der Lausitzer Steinheide erfunden, denn sie verbrachten dort einen Teil ihres Kinderlebens als Brüder und Schwestern der Kühe auf den Triften.
Manchmal meine ich, man sollte dieses Spiel in den Wartezimmern einiger Polikliniken und in den Wartezimmern mancher Ämter einführen, ja, man sollte dort fünf glatte Quarzsteine auf die Tische legen. Das Spiel würde sich von selber entwickeln, und es würde uns die Geduld nicht mehr von gefüllten Kaffeekannen zerstört werden, wenn sie an uns vorbeigetragen werden, und wir würden durch dieses Spiel unsere Geschicklichkeit verbessern.
Und nun muß ich erwähnen, daß ich mit dem Wallach linker Hand in der Schonung stand, weil sonst nicht zu verstehen ist, wieso glücken konnte, was jetzt geschah: Auf der rechten Seite der Schonung wurde mit eins ein Fasanenhahn laut, und ich wußte, daß dieser Fasanenhahn mein Großvater war, aber der Sudler-Willi kannte die tausend Künste meines Großvaters nicht, und er glaubte an den Fasanenhahn. Er machte sich auf, um eine Fasanenschwanzfeder zu haschen, und er drang rechts in die Schonung ein, und es war niemand mehr am Sudler-Wagen

als die Stute. Ich gesellte mich mit dem Wallach zu der Stute, und ich band den Wallach an der hinteren Wagenrunge fest, die Stute aber band ich von der vorderen Wagenrunge los, doch als ich mich zur Schonung aufmachte, gewahrte mich der *Politiker*, und er schlug Alarm. Da kam der Sudler-Karle mit einem eisernen Rechen über das Feld und auf mich zugelaufen, und er hätte wahrscheinlich nicht angestanden, mir die Rechenzinken irgendwo hineinzupassen, wenn mein Großvater nicht aus der Schonung gekommen wäre und die Wut und den Rechen vom Karle auf sich gelenkt hätte. Als Karle Sudler ausholte, um den Großvater zu treffen, schrie der Großvater, daß es weithin und bei den anderen Säern auf den Feldern ringsum zu hören war: »Ich handle in Notwehr! Ich handle in Notwehr!« Er entriß dem stutzenden Sudler den Rechen, und er brach den holzenen Stiel herunter. Er warf den eisernen Zinkenkamm in die Schonung, und er zog dem Sudler mit dem Rechenstiel eins über. Nun aber schrie der Sudler-Karle, und er schrie auch so, daß es die Säer seitab hören konnten, aber er schrie um Hilfe. Die Nachbarn hoben die Köpfe, und da sie zwei sich beschimpfende Kossäten, aber niemand gewahrten, der Hilfe nötig gehabt hätte, senkten sie die Köpfe wieder, um nicht zeugen zu müssen, falls aus der Sache etwas Gerichtliches werden sollte, und sie säten weiter und sorgten sich um das Brot für zu Jahre.

Der Sudler-Karle rief den *Politiker* zu Hilfe, und der *Politiker* wollte erst wissen, ober er für die Hilfeleistung eine Flasche Schnaps bekommen würde. Der Sudler-Karle versprach ihm die Flasche, und der *Politiker* fragte: »Kleine oder große Flasche?« Der Sudler-Karle schrie: »Eine große Flasche!«

Jetzt trat erst einmal mein Vater aus der Schonung, und der *Politiker* bat meinen Vater, später zu bezeugen, daß ihm sein Bauer eine große Flasche Schnaps versprochen hätte. Mein Vater versprach dem *Politiker* die Zeugenschaft, doch er verhinderte gleichzeitig, daß der *Politiker* dem Sudler gegen den Großvater beistand.

Auf dem Saatfelde entwickelte sich eine Prügelei, aber ich kann nichts über sie vermerken, weil ich verhindert war, dran teilzu-

nehmen. Aus dem Saatfeld wurde ein Schlachtfeld – auch das war so wie bei Kriegen zwischen zwei Völkern.
Ich nahm der Stute das Sudler-Geschirr ab, legte es an den Rand der Schonung, legte der Stute unser Geschirr auf, und ich spannte sie ein. Ich fuhr im Galopp nach Hause, und das hatte der Großvater mich nicht geheißen; der Sudler-Willi aber stöberte die ganze Zeit in der Schonung nach dem Fasanenhahn.
Die Sache wurde gerichtlich. Der Sudler strengte einen Prozeß gegen meinen Vater und meinen Großvater an, sie hätten ihm sein gutes Pferd mit Gewalt gegen ein schlechtes vertauscht.
Nun gehört hier etwas her, was ich vielleicht hätte früher erwähnen müssen, nämlich eine Charaktereigenschaft meines Großvaters, doch ich meinte, man soll literarische Figuren nicht schon zu Beginn einer Erzählung mit Fudern von Charaktermerkmalen zudecken, und man soll den Leser nicht langweilen. Man möge mir jedenfalls glauben, daß ich die nachzutragende Charaktereigenschaft meinem Großvater nicht andichte, weil es der Gang der Erzählung erheischt, denn es wäre künstlerisch unfair, wollte ich mich jener Erzähltechnik bedienen, die zur Goethezeit im Schwange war und im *Wilhelm Meister* Höhepunkte erreichte.
Mein Großvater war ein berüchtigter Prozessierer, ein Anstrenger und Bestreiter von Bagatellprozessen, als da waren: Beleidigungs- und Erbschaftsklagen, Grenzstreitigkeiten und Zinseintreibungen.
Mein Vater, dem der Großvater einige Prozesse aufgehalst hatte, behauptete, der Lebensweg des Großvaters wäre mit Prozessen gepflastert gewesen, und das stimmte leider, denn der Großvater hatte als junger Mensch sogar seinem Vater einen Prozeß geliefert. Wirklich, der Großvater prozessierte mit der gleichen Leidenschaft, mit der er Pferde handelte, und es muß ihm einen intellektuellen Genuß verschafft haben, Recht zu erhalten, aber vergeßt nicht, daß er ein Sorbe war, und daß er einem Volke angehörte, dem von seinem Gastgebervolke, den Preußen, freiwillig nicht allzu viele Rechte eingeräumt wurden.
Großvater leitete seine Prozeßabsichten in der Regel mit dem

Satze ein: »Wenn ich in die Stadt kumm, muß ich mal bei Magern gehn!«
Mager war ein Rechtsbeistand in der Kreisstadt, ein sogenannter Winkeladvokat. Er war klein, verwelkt und weißhaarig, glich einem frostigen Kiefernzapfen, und man konnte ihm nicht in die Augen sehen, weil sie von dicken Oberlidern verdeckt waren. Für den Großvater war Mager die Inkarnation der Gesetzbuchkenntnis und der Beherrscher aller Haupt- und Winkelzugsparagraphen, denn er hatte ihm schon beim Prozeß gegen den Urgroßvater »beigestanden«.
Und wie Mager noch war, erkläre ich am besten am Verhalten eines Freundes, mit dem ich in der Jugend manche Landschaft durchwanderte. Er wurde Berufssoldat, er wurde Leutnant, und er wollte mir beweisen, daß er keinen Dünkel bekommen hätte. Wir versuchten es noch einmal mit einer gemeinsamen Wanderung, aber die Landschaft war für diesen Leutnant nur noch ein strategisches Gelände, und sobald wir uns einem Hügel näherten, erwog er, wieviel Maschinengewehre und Granatwerfer er hinter ihm in Stellung bringen würde, und Bäume und Bodenwellen waren nichts als Deckungen, und er probierte sie aus und versah sie mit Zensuren: »Sehr gut, sehr gut.«
Der Luftraum über der Erde war für diesen Leutnant ein Raum für Schußbahnen von Gewehrkugeln und Granaten geworden und es wucherte das Myzel für den *Heldentod* in jenem ehemaligen Freunde, und er starb diesen Tod später am Ilmensee; unter uns gesagt: diesen ganz und gar durchschnittlichen Landsknechtstod.
Und ähnlich war's mit jenem Winkeladvokaten Mager, denn alles, was er ansah, verwandelte sich in Gerichtsprozesse. Seine Mitmenschen existierten nur, damit sie Recht begehrten oder sich gegen das Recht vergingen, und ein Leben ohne Rechtshändel wäre für Mager ein Leben ohne Existenzgrundlage, ein ungerechtes, ein nicht annehmbares Leben gewesen.
Im Vorraum von Magers Büro herrschte eine schweflige Dämmerung, und die wurde von einer gelb verglasten Korridortür produziert, und es hauste dort ein weißer Spitz, und auch der

Spitz wirkte gelb in diesem Schwefeldämmer. Er umkreiste Fremde wütend wie eine gereizte Wespe, und manchmal biß er zu, und wenn die Klienten sich beschwerten, redete Mager ihnen ein, das Spitzzwicken wäre eine günstige Vorbedeutung für den Prozeßverlauf.

Abends spazierte Rechtsbeistand Mager mit verkniffenem Munde auf der Dammpromenade am Fluß. Seine welken Wangen waren mit silberhaarigen *Hasenpfoten* bewachsen. Er sah aus wie ein zweihundertmal verkleinerter Schopenhauer. Der Spitz ersparte sich das ewige Anheben eines Hinterbeines, und er trippelte auf drei Beinen von Baum zu Baum. Mager sah die weidenumsäumten Windungen des Flusses nicht, und er hörte weder den Zilpzalp noch das Rotkehlchen singen. Er rief seinen Spitz ab und zu mit knarrender Stimme zur Ordnung, und außer diesem Spitz existierten für Mager weder Menschen noch andere Lebewesen, und über Magers schwarzem Hute tanzten nicht Mücken, sondern ein Schwarm von gekrümmten Paragraphen.

Magers weißer Spitz kannte mich, und er kläffte nicht, wenn ich kam. Unter dem Spiegel der Flurgarderobe hockte ein ausgestopfter schwarzer Spitz, der mich mit seinen Glasaugen bittend ansah. Das war Magers verstorbener Spitz. Er hockte auf den Hinterpfoten und »machte Männchen«, und er hielt mit den Vorderpfoten einen Spucknapf, und in dem Spucknapf befand sich stets sauberer weißer Sand. Wenn ich mit Großvater zu Mager ging, machte ich Mager eine Freude, und ich spie in den vom ausgestopften Hund bereitgehaltenen Napf, und Mager lachte jedesmal darüber. Es war ein knarrendes Lachen, und es ähnelte dem Gesang des Wachtelkönigs. Mager lachte jedesmal wieder, wenn ich in den Spucknapf spie, und es war nicht zu erkennen, ob Mager aus Senilität oder aus Zuvorkommenheit gegen seine Kundschaft lachte. Aber alle Schrulligkeit hat Gründe, und wenn wir die Gründe in jedem Falle kennten, würden wir eher Mitleid mit Schrullenträgern haben und uns weniger über sie belustigen:

Mager war impotent, und die Frau, die er geliebt hatte, hatte ihn verlassen. Er trauerte lange um sie, aber dann nahm er eine zweite Frau, und auch die verließ ihn. Die zweite Frau war begütert, und Mager stand nicht an, sie mit Gewinn für sich hinwegzuprozessieren. Da man seine Liebe verschmähte, mochte sich aus dem jungen Mager mit dem unsichtbaren Gebrechen jener Hagestolz entwickelt haben, den ich kennenlernte, der, um den Ruf der Impotenz zu entkräften, wöchentlich zweimal das Bordell besuchte, denn das Bordell lag in der Straße, in der er wohnte, in der er seine Paragraphenküche betrieb, in der man ihn beobachtete, in der man alles von ihm wußte.

Ich bemerke, daß ich dem Leben des Rechtsbeistandes Mager mehr Platz in der Erzählung einräumte, als ihm zukommt, und ich ließ zu, daß sich ein Mensch, der im Leben einen Stehplatz auf der Galerie hatte, zur *Bühne* drängte. Ich bitte meine Leser um Verzeihung, und ich bitte sie gleichzeitig, zu bedenken: Vielleicht gibt es einige Beziehungen von Aufschreibern zur Wirklichkeit, die von unseren Literaturwissenschaftlern noch nicht erforscht wurden, und vielleicht bin ich vom Leben beauftragt worden, dem kleinen Mager jenes Quentchen Mitgefühl bei seiner Nachwelt zu verschaffen, das ihm von seiner Mitwelt versagt blieb.

Unser Prozeß mit dem Sudler hätte vielleicht mit einer oder zwei Verhandlungen zu Ende sein können, wenn man nach der Aufnahme des Tatbestandes jene Leute angehört hätte, die bezeugen konnten, daß die Stute uns gehörte, aber das tat man nicht, denn es gab in der Kreisstadt drei oder vier Rechtsberater, und die wollten existieren, und sie machten aus einer Prozeßmücke ein Prozeßschwein, und der Advokat, der einen Prozeß mit wenigen Verhandlungen zu Ende brachte, hatte den wenigsten Zuspruch.

Unser Prozeß verschlang eine Menge Vorschußgelder, und meine Mutter bejammerte diese Tatsache, doch sie wurde vom Großvater zurechtgewiesen: »Bis' stille! Ich weeß, was ich weeß, ich war bei Magern!«

Und in der letzten Phase des Prozesses war auch ich auf dem Gericht, doch ich weiß bis heute nicht, wie es Mager gelang, mich in den Gerichtssaal zu schmuggeln, und wie er es erreichte,

daß ich gehört wurde; vielleicht erreichte es Mager durch Bestechungen.
Da war die Tür des Gerichtssaales, durch die jahrsüber viele Prozeßgewinner und viele Prozeßverlierer gingen. An dieser Tür hing ein Zettel, und auf dem Zettel waren die Gerichtsverhandlungen des Tages in ihrer Reihenfolge verzeichnet, und es war dort verzeichnet: *Sache Sudler gegen Strittmatter – Pferderaub.*
Ich las es, und ich erschrak: War mein Großvater denn ein Räuber? Gehörten zu einem Räuber nicht Verworfenheit, Kaltblütigkeit, Gewalttätigkeit, Mordlust, ein schwarzer Vollbart, ein scheeles Auge, eine Hinterladerflinte und ein geraubtes Weib? Und mußte ein Räuber nicht mindestens von zwei Gendarmen in die Stadt und vors Gericht gestoßen werden?
Nein, ach nein, Mager bewies, daß Großvater ein rechtschaffener Mann, ein unbescholtener Bewohner unseres Dorfes und kein Pferderäuber wäre, aber dann wies der kleine Mann mit einer großen Geste auf mich und sagte: »Der Pferderäuber? Dort sitzt er! Befragen Sie ihn!«
Ich erbleichte, und ich wartete drauf, festgenommen zu werden, aber der kleine Mager machte eine beruhigende Handbewegung zu mir hin, und der Vorsitzende rief mich, scheinbar widerwillig, nach vorn, und er tat so, als ob er sich damit etwas durch und durch Überflüssiges leistete. Er fragte mich: »Hat dein Großvater dich beauftragt, mit der Stute ins Dorf zu preschen?«
Und ich antwortete: »Man ist alleene Manns genug«, und die Zuhörer belachten meine Antwort, und der Vorsitzende drohte, die Zuhörer aus dem Gerichtssaal entfernen zu lassen. Rechtsbeistand Hundertmark, der Verteidiger des Sudler-Karle, erhob Einspruch gegen die Vernehmung von Unmündigen in einem ordentlichen Gerichtsverfahren, aber irgendwie schien meine Aussage den Ausgang des Verfahrens doch zu beeinflussen, und das hatte Mager zuwege gebracht.
Wir gewannen den Prozeß, und auch ich begann diesen Mager zu schätzen, ja, ich liebte ihn fast, weil er so klug und gesetzeskundig war, aber vor dem ersten Schultag nach den Weihnachtsferien fürchtete ich mich, denn ich erwartete, in der Schule würde man

mich nunmehr *Pferderäuber* rufen, aber etwas anderes geschah: Ich wurde für Tage der Held meiner Schulklasse, und alle Schulkameraden wollten mir den Arm um den Nacken legen und mit mir um den Schulhof spazieren. Das war bei uns in der Heideschule ein sichtbarer Ausdruck von Freundschaft, und wenn man dazu den Umstehenden noch versicherte: »Wir sind Freunde! – – – Wir sind Freunde, bääh, bääh, bääh«, so war das der Ausdruck von einer Freundschaft, die heute mit dem Ausdruck »unverbrüchlich« gekennzeichnet wird.

Ich habe nie wieder so viele Freunde gehabt wie dennmals, als meine Mitschüler sich glücklich schätzten, wenn sie mich, den gerichtlich anerkannten Pferderäuber, berühren durften, und damals verwirrte mich das, weil Räuberei uns in der Religionsstunde als ein verwerfliches Tun gekennzeichnet wurde, aber die Gottesstrafe für meine Räuberei war wohl, daß keines der Mädchen seine Arme um meinen Nacken legte, und auch die eine, auf die ich es abgesehen hatte, tat es nicht, nein, sie tat es nicht.

Nun hatten wir unsere Stute wieder, und wir hätten glücklich sein müssen, denn es durchschwebt den Menschen eine Sehnsucht nach Glück, und er denkt, sobald mir jenes Auto, jenes Häuschen im Grünen, jener Garten am Fluß, jener Anzug oder jene Stiefel gehören werden, sobald ich meinen Nachbarn im Wohlstand überholt haben werde, ohne ihn eingeholt zu haben, werde ich glücklich sein, und es wird mir nichts mehr zu wünschen bleiben, und obwohl es tausend und mehr Arten von Glück zu geben scheint, gibt es für das Wort »Glück« keine Mehrzahl, und auch das Leben kümmert sich nicht um undialektische Vorstellungen des Menschen vom Glück. Und das Leben zieht seine Bahn, und es ist im Recht, und es ist unvergänglich, und wir sind in seinem Flusse, und alle Dinge, an die wir unser Herz hängen, sind flüchtig, und ihr Wert wandelt sich, und was uns heute beglückt, kann uns weinen machen, ehe der Hahn dreimal krähte.

Großvater und Vater hatten den Sudler in einem Gerichtsprozeß besiegt, und das war bis dahin kaum jemand gelungen. Großvater und Vater lebten freundlich und friedlich nebeneinander, und wir glaubten, dieser Zustand wäre von Bestand, denn wir wußten nicht, welche Konstellationen sich an jener Stelle, die der Mensch Zukunft nennt, zusammenschoben, doch sie stiegen wie Nebel aus dem scheinbaren Nichts, und sie verdichteten sich, und sie wurden uns als Gegenüberstellung der gerichtlich zurückerworbenen Stute mit einer Lokomotive der *Deutschen Reichsbahn* sichtbar.

Großvater und mein jüngerer Bruder fuhren mit dem Planenwagen zur Bahnstation im Glasmacherort. Sie wollten dort Waren für den Kramladen abholen, und Großvater strängte die Stute einseitig ab. Er band die Fahrzügel um die Wagenrunge, und er stellte meinen Bruder als »doppelte Sicherung« neben die Stute. Aber was hilft dem Menschen, was hilft den klügsten Plankommissionen das sorgfältigste Vorausplanen, wenn plötzlich ein unvorhergesehenes X eine Rolle zu spielen beginnt, das man keinem Computer einfüttern kann? Und das X des Großvaters war, daß er die Maschinenseligkeit meines Bruders unterschätzte.

Es fuhr ein Güterzug in die Station, und meinem Bruder gefiel die Lokomotive: denn die Stute sah er alle Tage, aber eine Lokomotive sah er selten. Er »floh von der Fahne«, und er blieb bei der Lokomotive, bis die anfuhr. Er beobachtete den Kolben und das Gestänge, und der Lokomotivführer befreite den Kessel vom Dampfüberdruck. Der Dampf entwich zischend und knallend, und das Knallen und Zischen und der Anfahrtpfiff der Lokomotive waren eine Nervenprobe für die Stute, und sie bestand die Nervenprobe nicht, nein, sie rannte davon, und sie zog den Planenwagen an einem Strang hinter sich her. Sie ließ sich von nichts und von niemand aufhalten, und hundert Meter hinter der Bahnstation war es der ratternde und scheppernde Planenwagen, der das Tier weiter, immer weiter und heimzu dem schützenden Stalle zutrieb. Der einsträngig gezogene Planenwagen schleuderte raumgreifend umher, und er verfing sich mitten in der Heide an einer am Wegsaum stehenden Birke. Der Birkenstamm klemmte sich zwischen das rechte Vorderrad und

seine Achse, und die Deichsel schwang durch diesen Anprall derb aus, und sie durchschlug den Oberschenkel der Stute.
Ein Pferd war durchgegangen. Das war nichts Besonderes damals auf dem Dorfe, und die Dorfleute nahmen es hin, wie sie heute einen Autounfall hinnehmen.
Ein Bergmann fand das aufgelaufene Gespann in der Heide, und der benachrichtigte uns, und die Nachricht lautete: »Eire Stute klebt an eine Birke!«
Ich fuhr mit dem Fahrrad in die Heide, sah die geschwollenen Muskeln der Stute und tastete die Bruchstelle ab. Die Stute stöhnte. Ich wartete nicht, bis der Großvater und der Bruder eintrafen, und ich tat wieder etwas, was mir nicht aufgetragen worden war: Ich raste ins Dorf, und ich telefonierte nach dem Roßschlächter. Man ist alleene Manns genug!
Die Stute wurde verladen, und ich sah, durch meine Tränen hindurch, die Tränen in den Augen des Großvaters, aber das waren wohl keine Mitleidstränen; es waren Zorntränen. Großvater war zornig über sich selber, über seine eigene Unzulänglichkeit. War er nicht eh und je der Mann gewesen, der alles gut bedachte? Das war er, wirklich, das war er, aber das hatte auch seine Selbstgerechtigkeit gesteigert, und seine Selbstgerechtigkeit wuchs bis in die Kronen der Eichen, die vor seinem Stubenfenster standen, aber »alle sieben Jahre paßt ein Schuh . . .«
Wieder mußten wir mit der Großmutter um ein Leihpferd in die Nachbarschaft, und wieder wurde es dringend, auf den Pferdemarkt zu fahren, und wieder glaubten wir, wenn das neue Pferd auf dem Hofe sein würde, käme alles in die Reihe und unser Glück würde vollkommen und unverrückbar sein.

Zirkus Wind

Ich war dreizehnjährig, als das geschah, ja, etwa dreizehnjährig; denn ich besuchte schon die Stadtschule, und es stand für mich fest, daß ich weder Bäcker noch Vertreter für Viehlebertran, kein Kaffeekellner, kein Tierwärter, nicht Clown, nicht Expreßbote, auch kein Bereiter oder gar Hilfsarbeiter in Fabriken werden würde, sondern ein Künstler. Ich weiß nicht, ob es an den Verhältnissen oder an mir lag, daß ich all das wurde, was ich aufzählte, aber ein Künstler wurde ich nie, jedenfalls nicht einer, von dem die Leute sagen, wenn er ein Lokal betritt: »Ein Künstler, man hört es«, auch nicht einer, von dem junge Mädchen auf der Straße sagen: »Ein Künstler, man sieht es!«
Die Kunst, die mir damals vorschwebte, war das Löwenbändigen. Ich wollte ein Künstler werden, der mit der Gefahr umgeht, einer, den keine Versicherung aufnimmt, weil er gefressen werden kann, ehe er genügend Versicherungsbeiträge abgeführt hat.
Ich konnte damals bereits die Ziege meiner Großmutter überreden, auf einer fünf Zentimeter breiten Latte zu wandeln, die ich über die Lehnen zweier Stühle gelegt hatte. Ich wußte außerdem, wie man Pferden beibringt, mit dem rechten Vorderhuf zu scharren und kleine Rechenaufgaben für einfältige Zuschauer zu lösen, und ich hatte einen kleinen Hundebastard dazu gebracht, auf den Vorderbeinen zu marschieren.
All diese kleinen Künste wurden mir einmal im Leben, wenn auch nur für kurze Zeit, nützlich; zu der Zeit aber, da unsere Geschichte spielt, züchtete ich in der Kellerwohnung meiner Pensionseltern heimlich weiße Mäuse, die ich sonntags und in den Ferien mit aufs Dorf nahm.
Es war in den Großen Ferien, als einer der beiden Poter-Brüder zu mir kam; ich glaube, es war der kleinere Bruder, ja, es war der mit den kurzen Beinen, dem man von den Beinlingen jeder gekauften Hose dreißig Zentimeter abschneiden mußte, um sie

an die seines längeren Bruders, dem die Hosen stets zu kurz waren, anzunähen, eine Tatsache, die sogar in eine Sonntagspredigt unseres langen Pfarrers Saretz einging, als er den Gläubigen die »Weisheit der Vorsehung« nahezubringen gedachte.
Ja, jetzt weiß ich genau, daß es der kleine Poter war, der zu mir kam, weil ich mich an seine auseinanderstehenden Zähne erinnere, die ihn in den Stand versetzten, wie eine Ringelnatter zu zischen. »Winds Karle macht einen Zirkus auf, und wenn du ihm zwei weiße Mäuse schickst, wird er dir zwei Freikarten für seine Vorstellungen ausschreiben!«
Schön, ich war bereit: Zwei Mäuse – zwei Freikarten, aber jetzt muß man erst wissen, wer Winds Karle war:
Ich springe ein paar Jahre zurück und in die Zeit hinein, da ich zehn Jahre alt war: Damals kam ein kleiner Zirkus in unser Dorf, und die sechs Ponys, die den Packwagen und die Wohnwagen zogen, wurden uns abends in der Vorstellung herausgeputzt vorgeführt. Außerdem gehörten zu dem kleinen Zirkus ein Tanzbär, ein Steinbock, fünf Zwerghühner, sieben Meerschweinchen, eine Meerkatze und eine Schar gezähmter Pfauentauben.
Die Vorstellung fand im Gasthaussaal statt. Schlanke Halbzigeunermädchen zeigten uns, wie man auf einem dünnen Draht durchs Leben gehen kann, und das Schimmelpony, *Kluger Hans* genannt, hatte eine Dame aus dem Publikum zu suchen, die sich gern verliebt. Das Pony blieb vor Mina Poter, der Schwester der Poter-Brüder, stehen.
Dann produzierten sich die Halbzigeunermädchen als sogenannte Schlangenmenschen, und ein Tierbändiger, der uns als Mister Charlie angekündigt wurde, machte einen Bärenringkampf, und als Charlie eine Weile mit dem alten Bären gerangelt hatte, flüsterte er ihm etwas ins Ohr, worauf sich der Bär niederfallen ließ und Charlie zum Sieger erklärt wurde. Dieser Mister Charlie war blond, hatte tiefschwarze Augen, und unter seiner Nase lag ein Bärtchen von der Farbe einer Weizenähre.
Dann trat Mac Müllton auf, der Truppenchef; er hatte zuvor den *Klugen Hans* vorgeführt, aber jetzt wurde behauptet, Mac

Müllton wäre ein »Lebender Springbrunnen«. Es wurden zwei Eimer Wasser aus der Gasthausküche gebracht, die Müllton Glas für Glas in sich hineingoß, ohne zu schlucken; das Wasser versickerte in seinem Munde wie in einem Rattenloch auf dem Felde.

Als Müllton die Eimer geleert hatte, glich sein Leib einer Tonne, und um das zu demonstrieren, wurde dem Schnellsäufer ein eiserner Faßreifen um den Bauch gelegt, und als das geschehen war, verschluckte Müllton drei brennende Zigarren, brachte sie brennend wieder hervor, ließ sich Frösche reichen, die wir am Nachmittag im Dorfteich gegen Freikarten gefangen hatten, schluckte fünf Frösche, brachte auch die wieder lebend hervor, und dann wurde »das verehrte Publikum« gebeten, auf den erleuchteten Wirtshaushof zu treten, wo der Herr Direktor sich entleeren und eine Fontäne abgeben würde.

Wir gingen hinter dem wassergefüllten Müllton auf den Wirtshaushof, bildeten dort einen Kreis um ihn, und er stellte sich in der Kreismitte gegen einen eingegrabenen Pfahl, druckste, gluckste, und das Wasser entfloß seinem Munde in einem dünnen Strahl.

Die »verehrten Zuschauer« wurden gebeten, die Reinheit des Wassers zu prüfen und sich unter dem »Lebenden Springbrunnen« die Hände zu waschen. Der lange Poter, der, dem man immer die abgeschnittenen Hosenbeinlinge des jüngeren Bruders annähen mußte, wusch sich nicht nur die Hände, sondern auch sein schmales Mumiengesicht und bestätigte, daß es sich um einwandfreies Quellwasser handele.

Ein lebender Springbrunnen! Das hatte man in unserer kleinen Welt noch nicht gesehen! Mister Charlie trat vor und verkündete, daß er sich erlauben würde, ein kleines Trinkgeld einzusammeln, damit man der »Lebenden Fontäne« ein kräftiges Abendbrot zu speisen geben könne, denn sobald der letzte Tropfen Wasser aus Müllton heraus wäre, müßte er eine gute Mahlzeit zu sich nehmen, und diese Mahlzeit wäre die einzige, die Müllton tagsüber haben dürfte, wenn das Wasser bei der nächsten Abendvorstellung wieder sauber aus ihm herausfließen sollte.

Das machte großen Eindruck auf uns, und unsere Zehner klimperten gönnerhaft auf den Eßteller, den uns Mister Charlie mit bittenden Augen hinhielt.
Sodann erfuhren wir, wozu der Marterpfahl im Wirtshaushof eingegraben war: Mister Charlie, der Bärenbezwinger, der nun Mister Charlie Wind genannt wurde, sollte sich als Entfesselungskünstler produzieren, und der wasserleere Direktor ließ uns wissen, daß die Entfesselungskunst des Charlie Wind in allen großen Städten der Welt Aufsehen erregt hätte, in Paris, in London und in Groß-Luja, einem Dorfe, zehn Kilometer von unserem Dorfe entfernt.
Mister Charlie Wind trug ein blaßblaues Trikot (Strumpfhosen und Leibchen – alles aus einem Stück, würden wir heute sagen), und das Trikot war nur verhalten sauber, wie man sogar beim gelben Licht der Petroleumlampen feststellen konnte, und das konnte nicht anders sein, weil Stricke und Ketten, die bereitlagen, nicht fett- und nicht rostfrei waren.
Die erste Strickschlinge legte der Truppenchef Charlie Wind selber um den Leib, dann aber wurden »beherzte Herren aus dem Publikum« gebeten, Mister Charlie Wind an den Marterpfahl zu fesseln.
In unserem Dorfe gab's außer dem Gutsherrn keine Herren, doch wenn ein Jahrmarktsausschreier oder ein Artist solche benötigte, tat man ihm den Gefallen, und in unserem Falle spielten die Gebrüder Poter, die tagsüber auf den Feldern des Gutsherrn arbeiteten, die Ersatzherren, und sie machten sich über Mister Charlie Wind her und fesselten ihn mit Ketten und Stricken.
Charlie Wind hatte eine Menge Luft in sich heineingepumpt, ließ nur wenig davon beim Ausatmen heraus und sah seiner Fesselung gelassen zu, nur die kleine Weizenähre von einem Schnurrbart zuckte ab und zu, wenn die Poter-Brüder die Fesseln zu hart anzogen. Einige Dorffrauen stöhnten vor Mitleid, und Mina Poter, die Gernverliebte, jammerte.
Als die Poter-Brüder zurücktraten, rief der Pichler-Karl, Immersäufer und Maulheld: »Habt ihr ihn richtig dingfest ge-

macht?« Die Poter-Brüder beschworen es: Dieser Mensch würde sich ohne fremde Hilfe nie im Leben abfesseln und von seinem Marterpfahl loskommen! Drei Flaschen Bier zur Wette, die dritte für den Künstler!
Der Truppenchef schlug Mister Charlie aufmunternd auf die Schulter: »Los!«
Wind rüttelte an seinen Fesseln. Alsbald fiel ein Teil der Ketten klirrend zu Boden, und es dauerte keine halbe Minute, da hatte Charlie die Arme frei, und dann war's nur noch eine Kleinigkeit für ihn, sich vollends abzufesseln.
Mister Charlie tat alles mit Grazie. Die mitleidigen Frauen faßten Sympathie für den geschmeidigen Helden. Wind streifte sich die Bauchschlinge ab und stieg aus dem an der Erde liegenden Wust von Ketten und Stricken, und Mina Poter, die Schwester der beiden Fesselmeister, trat auf ihn zu und hielt ihm einen kleinen Strauß Gänseblumen hin, den sie rasch auf dem Hofe der Gastwirtschaft zusammengepflückt hatte.
Wenn Charlie Wind ein weißer Zigeuner war, war Mina Poter mit ihrem krausen Blondhaar und den Lippen, die aussahen, als hätte sie ein Faustschlag zum Blühen gebracht, eine weiße Negerin. Charlie Wind nahm ihr den Gansblumenstrauß mit einer Verbeugung ab, und es kräuselten sich zwei verwandte Gedanken zu einem Wölkchen am Nachthimmel, als die beiden einander in die Augen sahen.
Die Dorfburschen grölten. Für sie war Mina Poter »eine Durchgezogene«, und dennoch waren sie eifersüchtig, primitiv und roh wie die Stiere.
Freilich war Mina Poter nicht allzu jung mehr und ein Mädchen, das sich vor nichts in der Liebe fürchtete, doch sie liebte ohne Berechnung und auf nichts hin, während die Kleinbauerntöchter, deren Liebesverhalten die Dorfnorm bildete, sich nur gegen Sicherheit, auf Geld und Kleinbesitz hin vergaben.
Das Trikot von Mister Charlie Wind war nach seiner Entfesselung schweißnaß, und die Rostflecke darauf waren dunkler geworden; es sah aus, als hätte Charlie Wind Blut bei seiner Befreiung geschwitzt. Der Truppenchef überreichte Wind die

bei der Wette abgefallene Flasche Bier und sagte im Tremolo eines Begräbnisredners: »Was ein' Anfang hat, muß ein Ende haben«, und er sagte es ganz auf seinen und der Zuschauer begrenzten Augenschein vertrauend, und gemeint war, daß Charlie Winds Befreiung das Ende der Vorstellung gewesen war. Charlie Wind trat ab und nickte Mina Poter zu, und Mina Poter nickte zurück, und wir, das geehrte Publikum, zerstreuten uns langsam und ungern, und wir blieben auf dem Heimweg mehrmals stehen, redeten und stritten über das, was wir gesehen hatten, und die Sterne und die Wolken über uns am Nachthimmel führten ihre Schauspiele auf, ohne danach zu fragen, ob wir sie bewunderten oder nicht.

Am nächsten Morgen stiegen die Bergleute wieder in ihre kohlegeschwärzten Manchesterhosen und huckten sich die Rucksäcke mit den Grubenlampen auf, und die Gutsarbeiter und die Kleinbauern trieben hinaus auf die Felder, und der kleine Zirkus reiste weiter.

Nichts bleibt ohne Eindruck auf der Welt, nicht die kleinste Handbewegung, nicht das schlichteste Wort. Auch der kleine Zirkus hinterließ Eindrücke im Dorf. In mir weckte er den Wunsch, Raubtierbändiger, vielleicht Bärenringer zu werden, Mirko Matzke übte sich auf den Stangen der Viehkoppel im Seiltanzen, und Alfred Meuke wollte Entfesselungsmann werden, und wir fesselten ihn an den Stamm einer kleinen Birke auf der Dorfaue.

Alfred kam nicht frei, und auch wir bekamen ihn nicht mehr los, seine Haut lief blau an, und er fing an zu schreien.

Meine kleine Großmutter (einen Meter und fünfundvierzig Zentimeter lang), von uns *Dorfdetektiv* genannt, kam; sie kam immer zur rechten Zeit, und sie sägte die Birke ab und befreite Alfred Meuke von seinen Fesselstricken und Ketten.

Eine Weile glaubten wir, die Eindrücke, die der Zirkus hinterlassen hatte, wären verblaßt, aber sie waren nur von der Oberfläche unseres Lebens verschwunden, um in der Tiefe weiter zu wirken.

Als ein Vierteljahr vergangen war, wurde gewispert, dann geflüstert und schließlich offenkundig: Mina Poter sollte ein

Kind bekommen. »Gesegneten Leibes«, bemerkte der Lehrer; »in anderen Umständen«, tratschten die Dorffrauen; »vom Winde beschält«, höhnten die schadenfrohen Dorfburschen.

Peter Poter, der Vater von Mina, war Zweitkutscher auf dem Gutshof, vertrat zuweilen den Leibkutscher und fuhr die korsettierte Gnädige oder die rothaarige Tochter in die Stadt. Die aufgeworfenen Lippen, das krause Haar und den langsamen Verstand hatte Mina von Vater Poter geerbt, dem zeitlebens eine halblange Tabakspfeife am Munde baumelte. Er hatte das Ende des Pfeifenstiels mit einem Gummi vom Patentverschluß einer Bierflasche beringt, damit ihm der kleine Räucherofen nicht aus dem Mund fiel, wenn er auf dem Kutschbock einschlief.

Auguste Poter ging mit straff nach hinten gekämmtem Haar einher, und ihre abgearbeiteten Hände waren feiertags bis in die Schrunden hinein saubergescheuert. Sie stand dem Leben staunend gegenüber: »Nein, was es nicht alles gibt!« Von der Mutter hatte Mina Liebestüchtigkeit und Bescheidenheit geerbt.

Mina gebar ein Mädchen, geradezu eine Elfe, der der Vater die dunklen Augen und die Mutter ihr Kraushaar mitgegeben hatten.

»Dein Kindsvater war wirklich wie der Wind. Deine Freude war kurz; deine Plage wird lang sein«, sagten die Kleinbauerntöchter zu Mina.

»Wird's eure Plage sein?« fragte Mina. Auch wenn der Wind nur einmal durch die Kirschblüten fährt – die Kirschen werden rot und süß, dachte Mina, und das war die Philosophie, mit der sie lebte, während sie Ausschau nach einem hielt, der sich neben ihrer kleinen Tochter lieben ließ. Ihre Tochter Carla wurde von der ganzen Poter-Familie erzogen und war ein handsames Mädchen.

Und was war mit Charlie? Er zog mit dem kleinen Zirkus durch das Land Brandenburg, zog durch Mecklenburg bis zur Meeresküste und von dort wieder nach dem Süden, und in jedem größeren Dorf gaben sie eine Vorstellung.

Charlie war auf ein Halbzigeunermädchen aus, auf Amila, eine Tochter des Truppenchefs Müllton. Amila, sie sang so schön, wenn sie mit dem bunten Schirm auf dem Drahtseil tanzte, sie tanzte zum eigenen Gesang, und ihre Sprünge auf dem Seil waren leicht und so selbstverständlich wie die eines Bürgermädchens auf einem Fußsteig. Charlie träumte davon, er und Amila würden auf einem Schrägseil aus der Stadt Paris zum Eiffelturm aufsteigen.

Auch Amila liebte Charlie, das wußten alle bei der Truppe, aber die beiden trieben nur eine Augenliebe miteinander. Alle, die vermuten, das Leben in einer fahrenden Truppe wäre zuchtlos, irren: Charlie und Amila waren trotz ihrer Liebe so weit voneinander getrennt wie Sauhirt und Prinzessin.

Charlie hatte sich seinem Truppenchef Müllton verpflichtet, für Amila fünf Jahre um ein Taschengeld zu arbeiten und alle seine artistischen Fähigkeiten dem Unternehmen zur Verfügung zu stellen, um als vollwertiges Mitglied in Mülltons Familie aufgenommen zu werden.

Wenn Charlie in seinem Privatleben auch sparsam mit seinen Kräften umging, einem Liebesabenteuer, das sich ihm unterwegs bot, wich er nicht aus. Seine Liebe flammte in der Nacht auf wie eine Sternschnuppe, und nach dieser Nacht zog er weiter, arbeitete und wartete auf Amila.

Bisher hatte Charlie nie etwas von seinen Zufallsbräuten gehört, doch als sie nach Süden zogen und wieder in die Nähe von Sanddorf kamen, entsann er sich seiner Liebesnacht mit dem Mädchen, das aussah wie eine weiße Negerin. Er erkundigte sich nach ihr und erfuhr, daß sie ein Kind von ihm hatte.

Charlie hätte sich schweigend trollen und um Sanddorf einen Bogen machen können, aber er tat's nicht. Er wurde neugierig auf sein Kind, er hatte sich verdoppelt; er wollte das sehen.

In der Gutskate der Poters herrschte für einen Augenblick Ratlosigkeit, als Charlie Wind dort erschien, doch als Mina Mister Charlie um den Hals fallen wollte, warfen sich der Vater und die Brüder zwischen sie und den Zurückgekehrten. Charlie Wind, den die Poters hundertmal verwünscht und verflucht hatten, sollte Dresche für seine lange Abwesenheit haben, jene obligaten Prügel, die untreuen Schwiegern und Schwägern auch

in vornehmen Familien verabfolgt werden, wie man aus der klassischen Literatur weiß.
Aber die Poters hatten vergessen, daß sie es mit einem Entfesselungskünstler zu tun bekamen, der Kampfgriffe und Tricks kannte, die ihn in den Stand setzten, auch mit drei Gegnern fertig zu werden. Charlie Wind schlug mit seinen Handkanten wie mit stumpfen Äxten um sich, und der Schlag, den Peter Poter auf seine Zweitkutschermütze erhielt, machte, daß der sich auf die Ofenbank setzte, die Augen verdrehte und Mühe hatte, sich wieder im Leben zurechtzufinden. Den Poter-Brüdern aber wurde von je einem Handkantenschlag der rechte Arm so gelähmt, daß sie wie eingewachsen und als müßten sie über etwas nachdenken auf der Stelle standen und zusahen, wie Charlie Wind ihre Schwester familienöffentlich küßte und sie, zusammen mit der kleinen Carla, auf den Arm nahm und schaukelte, als wären Tochter und Mutter zusammen drei Tage alt.
»Was willst du hier, du Lump?« kam es von der Ofenbank, auf der sich Peter Poter zu erholen anfing.
»Wenn ich ein Lump wär, wär ich nicht hier!« sagte Charlie Wind.
Ein Knurren als Antwort von der Ofenbank.
»Also, laßt uns Bruderschaft trinken!« Charlie zog ein flaches Fläschlein Schnaps aus einer Geheimtasche.
Als Peter Poter die Flasche sah, fing er an zu begreifen, daß nicht alles, was er soeben erlebt hatte, ein Traum war, und die Gebrüder Poter tranken linkshändig auf Charlies Wohl, und sie tranken reihum, doch Charlie tat nur so, als ob er trinken würde; er war ein Artist, ein Künstler; der Alkohol war sein Feind.
»Nein, was es nicht alles gibt!« sagte Auguste Poter und reichte Charlie die Hand. Charlie schenkte seiner Schwiegermutter die veilchenblaue Papierrose, die er am Rockaufschlag trug, eine jener künstlichen Blumen, die man auf den Rummelplätzen des Lebens gewinnt.
Auguste Poter dankte verlegen wie eine Jungfrau.
Charlie nahm seine Tochter Carla auf den Arm, küßte und küßte

sie, warf sie hoch, fing sie wieder auf und flüsterte ihr zu: »Mach dich steif!«, und Carla verstand sogleich, und Charlie trug sein Kind mit ausgestrecktem Arm wie eine Fahne durch die Katenküche der Poters.

Aber der Schnaps geht zu Ende, der Rausch verraucht, und der Mensch muß essen; er braucht Brot zur Erfüllung dieser Pflicht, und zum Brot braucht er, wenn's sein kann, Fett und dann und wann eine Scheibe Schweinehinterschinken.

Vorzeiten lieferte das dem Menschen die Natur. Er ging hinaus vor seine Tür, holte sich das Brot vom Felde, fing sich sein Zubrot im Walde, und die Felder und die Wälder gehörten allen, die auf Erden umhergingen. Wann geschah's also, daß sich die Menschen zu ihren Ungunsten veränderten? Wachten sie eines Morgens auf, um zu erfahren, daß die Feldfrüchte und die Waldtiere ihnen nicht mehr von Himmelsherren geschenkt wurden, sondern daß sie sie jetzt von Herren der Erde durch Arbeit erwerben mußten?

Der Herr von Wülisch wünschte, daß alles, was zu den Poters gehörte, auf den Feldern und im Schlosse arbeitete, denn die Poter-Familie bewohnte eine Kate, die ihm gehörte, und da auch Mister Charlie vorerst gezwungen war, in dieser Kate einzuwohnen, ging er zum Gutsherrn, um seine Arbeitskraft anzubieten.

Der Gutsherr war ein Männchen, das mit meiner Großmutter zusammen ein vortreffliches Liliputanerpaar für eine Schaubude abgegeben hätte. Er hatte sich seinen Sessel mit Kissen polstern lassen, um über seinen Diplomatenschreibtisch sehen zu können. Seine Stimme war leise und vibrierte wie die unaufgezogene Feder einer Wanduhr:

»Welche Profession üben Sie aus?«

»Allround-Mann!« antwortete Charlie.

»Was habe ich darunter zu verstehen?«

»Einen Mann, der alles macht – im Zirkus.«

Zirkus? Hier war kein Zirkus. Was konnte der Poter-Schwiegersohn wirklich?

Entfesselungskunst, Schrägseillauf, Parterre-Akrobatik, auch könne er Pferden das Rechnen beibringen, erklärte Charlie, aber sein Ziel wäre, auf einem Schrägseil aus der Stadt Paris in Frankreich zum Eiffelturm aufzusteigen.
Herr von Wülisch schmunzelte. Er dachte an den Spaß, den es geben könnte, wenn er ein Drahtseil aus dem Gutspark zum Turmknopf der Kirche spannen ließe, um seinem Duzfreund, dem langen Pfarrer Saretz, während der Predigt einen Mann aufs Dach steigen zu lassen.
Herr von Wülisch sah Charlie aus milchblauen Augen an und machte eine Geste des Bedauerns. Keine Verwendung für Peter Poters Schwiegersohn. Seinen Pferden das Rechnen beibringen lassen? Wozu? Sollten sie ihre Futterrationen ausrechnen und neben den zweibeinigen als vierbeinige Vorwürfe auf den Feldern umhergehen?
Die Audienz war zu Ende. Der Gutsherr nickte, und Charlie verbeugte sich wie früher, wenn er seine Nummer als Entfesselungskünstler beendet hatte.
Niemand wußte, was damals in Charlie Wind vorging. Man trifft im Leben auf Menschen, denen auferlegt zu sein scheint (und woher weiß niemand, auch sie selber wissen es nicht), anders auf sogenannte Lebenstatsachen zu reagieren als ihre Mitmenschen, und sie leiden von Zeit zu Zeit darunter, aber wenn sie sich zwingen, so zu sein, wie man es von ihnen erwartet, sind ihre Tage voll Unzufriedenheit und ihre Nächte voll Unruhe, und ihre Anstrengungen machen sie zu noch heftigeren Sonderlingen.
Auch Charlie Wind wollte damals ein *Normalmensch* werden, ein Bürger, ein Kleinbürger, wer weiß was, und da er einen starken Willen hatte und Wert darauf legte, ein Allround-Mann zu sein, gelang ihm sein Vorhaben eine große Weile.
Unser Dorf wurde zur Hälfte vom Gutsherrn und zur Hälfte vom Grubenherrn beherrscht, und die Arbeiter unseres Fleckens schieden sich in Ober- und Unterirdische.
Charlie Wind gesellte sich den Unterirdischen bei, wurde dort »eingemeindet« und nunmehr Winds Karle genannt.

Die Arbeit im Braunkohlentiefbau war Karle sympathisch; er hatte es dort, wie als Artist, mit Gefahren zu tun. Es machte ihm nichts aus, auf dem Rücken zu liegen und mit der Haue umzugehen, denn er war gewohnt, sein Brot schwer und in verschiedenen Körperlagen zu verdienen.
Nach einigen Wochen sah Karle aus wie jeder andere Grubenarbeiter, trug seinen Rucksack und hatte einen Vierzollnagel in die Krempe seines alten Hutes gefädelt, an dem er unter Tage seine Karbidlampe aufhängte.
Charlie war sparsam, trank und rauchte nicht, blieb auch unter der Erde seinen artistischen Grundsätzen treu und lieferte seinen Wochenlohn bei Mina Poter ab.
Mina legte wöchentlich einen Geldschein zum Kauf einer Wohnungsausstattung zurück, war glücklich, schien immer hübscher zu werden und verführte Karle, ein zweites Kind mit ihr zu zeugen. Als das geschehen war, sollte geheiratet werden.
Zur Hochzeit hätte Karle Wind am liebsten alle Arbeitskollegen von unter Tage geladen.
»Sie werden mein Erspartes vertrinken«, jammerte Mina. Karle nahm Abstand von der Einladung, doch sogleich stellte sich heraus, daß der künftige Bräutigam nicht getauft war und vom langen Pastor Saretz den Ehesegen nicht bekommen konnte.
Mina drang auf Nachtaufe, und wieder willigte Karle ein, aber die Dorfburschen höhnten, Mina Poter heirate einen, der noch nicht konfirmiert wäre.
Peter Poter entlieh eine Kutsche vom Gutsherrn und fuhr Karle Wind zur Taufe. Taufpaten waren die Poter-Brüder. Eine Stunde später wurden die Heiratsformalitäten auf dem Standesamt erledigt, und Peter Poter fuhr mit dem Brautpaar zur Kirche. Trauzeugen waren die Poter-Brüder.
Soviel Sonderbarkeiten auf einem Haufen hatte die Kirchengemeinde noch nie erlebt.
Als das Hochzeitfeiern auf die Mitternacht zuging, mußte Karle Wind allen Verwandten zuprosten und den sogenannten Ehrenschnaps, einen weißen Kornschnaps, trinken; das war in Sanddorf und Umgebung üblich. Der Kornschnaps tat bei Karle

Wind, dem Antialkoholiker, alsbald seine Wirkung, und als sich das Brautpaar für den »Erstbeischlaf« zurückzog, legte Karle den geborgten Zylinderhut auf den Fußboden, machte einen Handstand drüber, steckte seinen Kopf hinein und ließ sich wieder in den Fußstand zurückfallen.
»Was es nicht alles gibt!«
Die Gäste, vor allem die männlichen, klatschten Beifall. Sie wollten mehr Kunststücke sehen und womöglich den alten Charlie Wind aus dem Gehrock locken, aber Mina Poter zog ihren Mann hinweg; sie hatte es so eilig mit der Brautnacht.
Das zweite Mädchen der Winds kam zur Welt, und sie bezogen eine Grubenarbeiterkate. Guts- und Grubenarbeiterkaten ähnelten einander. Die Grubenarbeiterkaten lagen am Rande des Grubengeländes, die Gutsarbeiterkaten standen an den Feldrändern. Die Gutsarbeiter erhielten Winterholz, die Grubenarbeiter Braunkohlen auf Deputat; der Unterschied lag im Altersunterschied des Holzes um Jahrtausende.
Zwei, drei Jahre vergingen, Karle Wind kam geschwärzt von der Arbeit, säuberte sich daheim in einem kleinen Holzwännchen, und seine Mina schrubbte ihm mit einer Wurzelbürste den Rücken.
Wenn einer von Karles Arbeitskollegen seinen Geburtstag feierte, ging Karle, um ihn nicht zu kränken, nach der Schicht mit ins Dorfwirtshaus. Er trank aber nur Himbeerlimonade oder Malzbier. Wenn die Kollegen Karle zu einer Partie Billard einluden, bereuten sie es nach einer halben Stunde. Der ehemalige Parterre-Akrobat, Jongleur und Schlangenmensch verdrehte und bog seinen Körper so, daß er mit den schwierigsten Bällen fertig wurde und fast jede Partie gewann.
Mina Poter arbeitete seit der Geburt ihrer zweiten Tochter wieder in der Schloßküche. Wenn Karle Wind nach der Tagschicht heimkam, warteten die beiden Töchter schon auf ihren lieben Papa. Die kleine Carla machte übrigens schon einen Handstand auf dem Küchentisch, lief auf den Händen bis zur Tischkante, überschlug sich und kam federnd auf dem Küchenboden zu stehen. Vater Karle streckte seinen Arm seitlich,

formte seine Hand zu einer Schale, und die kleine Verena machte einen Kopfstand darin.

»Du bist verrückt genug, die Kinder zu zerbrechen!« schrie Mina, wenn sie Karle bei der Dressur ihrer Töchter überraschte. Die Mädchen beruhigten die einfältige Mama, und ganz ernst war es wohl auch Mina mit der Angst nicht, denn sie sah ja, wie wohl sich die Mädchen beim Kopfstehen fühlten, und zuletzt gefiel Mina sogar, daß die Töchter etwas mehr konnten als andere Dorfmädchen, die noch nicht einmal ihre Lichter unter der Nase selber wegwischten.

Ganz und gar zu Zucker wurde Mina, als die ältere Tochter sie eines Abends mit einem Liedchen überraschte, das ihr der Vater beigebracht hatte:

»Ich bin ein Fräulein aus Paris,
Deshalb so schlank, deshalb so süß;
Daß ich beim Kuß die Augen schließ,
Das ist so in Paris . . .«

Karl Wind sang im Hintergrund leise die zweite Stimme, und Mina konnte sich nur wundern und wundern. Einfach reizend, diese Kröte von Carla!

Mina Poter wurde stolz auf ihr kluges Kind und veranlaßte es bei jeder Gelegenheit, »Das Fräulein aus Paris« zum besten zu geben.

Die Dorfkinder schleppten Carla in die Schule, und das Katheder wurde zur Bühne. Auch der Lehrer fand süß, daß ein Fräulein aus Paris die Augen schließt.

Eines Abends holte Carla die Mutter aus der Schloßküche ab, und es begab sich, daß die korsettierte Gnädige in der Küche erschien und über ihren hohen Busen hinweg das Erstlingskind ihrer Küchenmagd Mina betrachtete und ihm huldvoll die Wangen tätschelte: »Eijeijei, was für ein großes Kind schon!« Mina Poter wollte der Herrin beweisen, daß ihr Töchterchen nicht nur goß, sondern auch klug war und forderte Carla auf, »Das Fräulein aus Paris« vorzusingen.

Carla war es langweilig geworden, immerzu dieses »Fräulein aus Paris« zu singen. Sie hatte inzwischen andere Lieder von ihrem Papa gelernt, und sie sang:

»Es war eine herrliche Dame,
Die ging so stolz und adrett,
Doch alles war nur Reklame;
Im Bett war sie flach wie ein Brett . . .«

»Pfui, Mina, was für ein gottloses Lied!« sagte die Herrin, Mina hielt ihrer Tochter den Mund zu, aber Carla sang wie die Puppe eines Bauchredners, wenn sie in den Transportkasten gelegt wird, hinter der Handfläche der Mutter weiter:

». . . da war sie gar nicht so herrlich,
Im Gegenteil, mager und spärlich . . .«

Die Gutsherrin ging und warf Mina strafende Blicke zu.
Karle Wind fuhr trotz dieser Peinlichkeit fort, seiner Tochter Lotterliedchen beizubringen, und auf der Grube schien ihm die Gefahr, die seiner Arbeit an und für sich innewohnte, nicht mehr zu genügen. Er wurde verwegen, blieb noch im Bruch, wenn Streben und Stempel schon knackten, und holte die dann leicht erntbaren Kohlebrocken heraus, so daß ihm zwei Schlepper zur Hand gehen mußten, und seine Kollegen bewunderten ihn.
Eines Abends kehrten die Bergleute wieder einmal nach der Zweitschicht im Dorfwirtshaus ein, um Geburtstag zu feiern. Sie fanden die Gaststube von angetrunkenen Großbauernsöhnen aus dem Nachbardorf besetzt; an jedem Tisch saßen zwei, und je zwei Stühle waren unbesetzt.
Der Wirt bat die Bauernsöhne zusammenzurücken, doch die rückten nicht zusammen. Die Bergarbeiter stellten sich an den Schenkstock und beratschlagten, nur Karle Wind setzte sich zu zwei der Betrunkenen an den Tisch.
»Wer hat dich hergebeten?«
»Ich sah, daß der Stuhl frei war«, antwortete Karle, und die

Bergleute am Schenkstock lachten. Die Bauernburschen gaben einander Zeichen, sprangen auf und wollten Karle den Stuhl unterm Hinterteil wegziehen. Karle kannte die Kunst des Sichschwermachens, und er ließ die Bauern trecken und trecken, und als sie wieder einmal ausholten, daß ihnen die Stirnadern schwollen, stand er auf, und die Kerle fielen auf die Dielen, daß Funken aus ihren Hosenböden flogen.
Die zwei Großbauernburschen vom Nebentisch gingen auf Karle los, auch die zwei Gestürzten erhoben sich, doch die Bergarbeiter hielten sie nieder: »Zwei auf einen genügt!« Karle setzte seine Gegner außer Gefecht und stellte sie gegen die Wirtshauswand. Der furunkulöse Gastwirt schaltete das Licht aus und trompetete in die Finsternis: »Ruhe, oder ich mach vom Hausrecht Gebrauch!«
Als das Licht wieder anging, zahlten die Großbauernburschen und spien beim Hinausgehen seitlich über die Schultern. Das hieß: Hierher nie wieder!
»Sie hätten dir die Bude zertrümmert, wenn Karle Wind nicht gewesen wäre«, sagten die Bergleute zum Gastwirt. Karle könne mehr als Brot essen, hieß es auch, und vielleicht brachte ihm der Gastwirt deshalb eine Schlackwurst.
Einige Tage später schickten die Großbauernsöhne Karle einen Unterhändler, der ihm mehr als eine Schlackwurst versprach, wenn er sich ihnen anschließen und sonntags mit über die Dörfer ziehen würde, um gewissen Leuten zu zeigen, wer im Kreis das Reden hätte. Karle lachte sie aus, und sein Ansehen stieg bei Gott und den Menschen.
Ein weiteres Jahr verging, Kinder wurden geboren, Kinder wurden getauft, und es gab auch solche, die man nicht taufen ließ. Alte Leute starben, und nicht an allen Gräbern predigte ein Pfarrer; es gab auch Leichen, denen ein Redner der Freidenker die Abschiedsrede hielt.
Die Feldfrüchte gediehen von Jahr zu Jahr schlechter. Der Grubenherr grub dem Gutsherrn das Wasser ab, nicht nur sprichwörtlich. Die Herren prozessierten gegeneinander. Welcher Herr würde welchen Herrn fressen?

Der Grubenherr mußte den Kohlenabbau vorübergehend drosseln. Er ließ kurzarbeiten, wie man das nennt; er beabsichtigte, Leute zu entlassen, munkelte man. Die Bergleute erregten sich; die Egoisten forderten, die zuletzt eingestellten Kollegen müßten zuerst entlassen werden. Sie forderten es nicht, wenn Karle Wind es hörte, aber Karle erfuhr es. He, was? Er hatte sich gemüht, ein guter Bergmann zu sein. Hatten ihn die Kollegen doch nicht eingemeindet? Es war vielleicht Zeit, sich daran zu erinnern, daß er mehr als Brot essen konnte. Zudem berichtete der *Spremberger Anzeiger* um diese Zeit unter *Vermischtes*, ein Mann hätte die Niagarafälle auf einem Drahtseil überquert. Die Nachricht blies Karle Winds alten Traum wieder an, den mit dem Schrägseil, Paris und dem Eiffelturm. Unser Dorf hatte das einzige Mal etwas mit Paris zu tun, und das war, als ich dreizehn Jahre alt und in den Sommerferien daheim war. Schon glaubte ich, meine Mäuse umsonst verausgabt zu haben, da kam der kleine Poter und zischelte: »Der Zirkus fängt an!«

Wir hatten bis dahin mancherlei erlebt, was man heute *kulturelle Betreuung* nennt, ein Begriff aus der Ästhetik mit einem aus der Krankenpflege gekoppelt. Damals sahen wir Marionettenspiele, Artistik, Theater, und alles brachten uns umherziehende Truppen ins Dorf, auch zerschabte Filme, in denen jede Handlung bei Regen stattfand.

(Heute sind wir fortgeschritten fernsehkrank, und wenn Marionettenspieler auf unser Dorf kämen, um das »Puppenspiel vom Doktor Faust« aufzuführen, würden wir die Nasen rümpfen. Wir sind an hochqualifizierte Kriminalspiele mit Gruppen von Leichen gewöhnt.)

Wie gesagt, wir hatten mancherlei erlebt, aber bis dahin keinen eigenen Zirkus.

Nachdem Winds Karle am Sonnabendnachmittag von der Frühschicht gekommen war, zog er zum Anreißen durchs Dorf. Er trug einen Zylinderhut, den gleichen, den er sich zu seiner Hochzeit geborgt hatte. Sein weizenblondes Schnurrbärtchen war leis mit Schuhcreme geschwärzt, und die Wangen waren mit Aquarellfarben gerötet. Karle trug eine geliehene Trommel; auch trommeln konnte er, der Tausendsassa! Carla lief auf den Händen um den Vater herum; und die kleine Verena schrie: »He, hepp!«

Mutter Mina stand abseits an einem Gartenzaun und wußte nicht, ob sie die Faxen ihrer Familie bewundern sollte oder ob sie ihr peinlich sein mußten, besonders, als sich Karle im Schaubuden-Kauderwelsch vernehmen ließ: »Heut abend wird sich beehren Mister Charlie Wind und seine Truppe, den verehrten Herrschaften eine Galavorstellung darzubieten: Zauberei, Exzentrik, Hypnoserie, Akrobatik, Auftreten von Miß Carla, der kleinsten Soubrette der Welt. Kommen Sie, sehen Sie, staunen Sie!«

Es gingen Leute zu Mina Poter an den Zaun: »Ist's wahr, was er sagt, oder belügt er uns?«

Da wurde Mina stolz: »Es ist mehr als wahr. Du kannst ja wohl sehen, daß meine Tochter auf den Händen schneller zuwege ist als du auf den Beinen!«

Außer den Bettlägerigen kamen alle Dorfbewohner zur ersten Vorstellung des dorfeigenen Zirkus. Einige Bergarbeiter hatten sogar ihre Spätschicht abgebrochen, um die Kunst ihres Kollegen Charlie Wind zu sehen. Wer keinen Stuhl mehr bekam, setzte sich aufs Fensterbrett oder blank aufs Parkett. Es soll nicht verschwiegen werden, daß einige Dorfbewohner ihre achtzig Pfennige Eintritt für das Behagen bezahlten, das sie haben würden, wenn sich Winds Karle blamieren sollte.

Vor der Bühne war ein Berg aus Tischen und Stühlen aufgebaut. Er glich dem *Hatelmaberg*, den sich Gutsbesitzer *Puntila* in Brechts Volksstück aufbauen läßt, aber der Sanddorfer Möbelberg war um vieles höher als der *Hatelmaberg*; er reichte bis unter die Decke des Saales; außerdem hatte Charlie Wind unter jedes Tischbein und jedes Stuhlbein ein umgedrehtes Weinglas gestellt, und der Stuhl unter der Saaldecke wackelte nur auf drei Weingläsern.

Die Einstimmungsmusik kam aus einem Trichtergrammophon. Das Grammophon gehörte unserem Dorftischler. Der Tischler war ein Junggeselle und hielt sich den Apparat unter dem Motto:

»Den Phonographen kannst du abstellen, eine Frau nicht!« Der Tischler ließ niemand an den Trichterapparat heran und setzte die Nadel selber auf die Platten. Eine gequetschte Männerstimme teilte uns mit, daß Lippe-Detmold eine wunderschöne Stadt wäre und daß es darinnen einen Soldaten gäbe, der in den Krieg marschieren müßte. Wohin denn sonst? Ein Berliner Couplet-Sänger ließ uns wissen, daß in fünfzig Jahren alles vorbei sein würde. Die Kleinbauern nickten bedeutungsvoll: »Ganz wahr, ganz wahr – in fünfzig Jahren ist alles vorbei.«
Bergarbeiter mit Rucksäcken und Grupenlampen prüften den Möbelberg; er schwankte in sich wie ein Heufuder. Man fand alles reell, Karle hatte Stuhlbeine und Gläser nicht mit geheimem Zigeunerleim zusammengekittet.
Aus dem Grammophontrichter kam das Marschlied: *Einzug der Gladiatoren*. Der Bühnenvorhang hob sich, und das bewirkte Peter Poter hinter den Kulissen. Winds Karle erschien und begrüßte das Publikum. Er trug eine Badehose. Die Badehose wurde von einer roten Schärpe gehalten. Die Schärpe war an der linken Schulter gerafft.
Nach der Begrüßung sprang Karle mit einem Vorwärtssalto von der Bühne in den Saal. Erster Beifall. Niemand hatte dem etwas krummbeinigen Winds Karle einen solchen Salto zugetraut.
Karle bestieg den Möbelberg und kletterte geschmeidig bis zur halben Höhe, und von da an erschwerte er sich den Aufstieg und machte bei jeder Gelegenheit einen Handstand. Die Leute fingen an, schwerer zu atmen, und als Karle unter der Saaldecke auf den Stuhl stieg, dessen Beine nur auf drei Gläsern standen, gab's wohl kaum jemand im Saal, der ihm nicht das Beste wünschte.
Die Grammophonmusik setzte aus, Karle nahm noch eines der Gläser fort und drückte auf dem Stuhl, der nunmehr nur auf zwei Beinen und zwei Gläsern stand, einen Handstand, und den verlegte er auf eine Hand, mit der freien Hand winkte er dem ächzenden Publikum zu.
Beifall, anhaltender Beifall, echte Begeisterung, wie sie bei uns Dorfleuten selten war. Charlie glitt dabei von seinem Möbelberg wie eine Eichkatz von der Kiefer.

»Gut und schön«, sagte der Lehrer, »aber wer sich in Gefahr begibt, kommt darin um!«
Die Pfarrersfrau, die ausgesandt war, die Sittlichkeit des Programms zu prüfen, nickte dem Lehrer zu, doch sie klatschte trotzdem Beifall.
Der kleine und der große Poter, der mit den abgeschnittenen und der mit den angenähten Hosenbeinstücken, spannten ein mit Sandpapier bearbeitetes Grubenseil vom Schenkstock zu einer Empore unter der Decke, auf der die Musiker saßen, wenn auf der Bühne Singspiele aufgeführt wurden. Die Poter-Brüder zankten sich bei der Arbeit; einer bevormundete den anderen, und das Seilspannen glich einer Clown-Nummer.
Als das Seil gespannt war, verkündete Winds Karle von hinter den Kulissen in französischem Kauderwelsch, daß Monsieur Charles die Ehre haben würde, sich dem verehrten Publikum als Schrägseilläufer »ssusstellen vor, ein klein Prob von sein gross Kunst!«
Zum Schrägseillauf trug Winds Karle eine schwarze Hose, und bösartige Leute behaupteten, es wäre die Bräutigamshose von Peter Poter, und die Bluse mit den Schulterpuffen, die er trug, wäre eine alte Kirchbluse von Auguste Poter. Winds Karle bestieg das Seil in gewöhnlichen Turnschuhen, und seine Balancierstange war eine geschälte Blautanne, die in der Fasanerie des Gutsherrn zufällig umgefallen war.
Wieder bekamen wir etwas zu sehen, was uns neu war: Einer ging ohne Treppe von unten nach oben und von oben wieder nach unten, und er sprang nicht, und er stürzte nicht, er ging. Es war, als ob einer auf Luft liefe.
Nach dem Schrägseillauf erschien die kleine Carla im geblümten Sonntagskleidchen mit einem Kranz Margeriten im Haar vor dem Vorhang, knickste, warf Kußhändchen ins Publikum und trug »Das kleine Fräulein aus Paris« vor. Hinter den Kulissen sang Vater Karle die zweite Stimme, während er sich für seine neue Nummer umzog.
Die Dorffrauen verfolgten mit schief gehaltenen Köpfen, halb gerührt, halb belustigt, Carlas Gesang, obwohl es kaum eine

gab, die das Liedchen nicht schon kannte. Wer hätte Mina Poter eine so kluge Tochter zugetraut! »Ist schon fast intelligent«, sagte der Lehrer und verwechselte, wie es heute oft geschieht, Dressur und Intelligenz.

Immer wieder kündigte Winds Karle mit anders verstellter Stimme und in einem anderen Kauderwelsch seine nächste Nummer an. Der Name Karl war, wie sich zeigte, für die Übersetzung in fremde Sprachen besonders geeignet: Carlos kam aus Spanien, Carlo aus Italien, Charles aus Frankreich und Charlie aus England.

Leute mit engen Köpfen gaben die Devise aus: Kleider machen Leute; wenn Winds Karle sie sich zunutze machte, war er entschuldigt; er wollte uns mit seinen wechselnden Kostümierungen von der Vielfalt seiner artistischen Kleinkünste überzeugen.

Beim Zaubern trug Karle wieder den Gehrock, den er zu seiner Taufe und zu seiner Hochzeit getragen hatte, auch der Zylinderhut war wieder dabei. Karle zeigte ihn leer vor, wandte sich für eine Zehntelsekunde vom Publikum ab und zog ein junges Kaninchen aus dem schwarzen Röhrenhut. Wieder gab's Leute, die in dem Zaubertier eines der Poterschen Stallkaninchen erkannt haben wollten, und der Zylinderhutbesitzer bat Karle, dem Hut außer dem Kaninchenwerfen auch das Ferkeln beizubringen, dann könnte er seine Zuchtsau abschaffen.

Wieder Gelächter wie bei einer Clownerie. Karle zog einem Burschen eine von meinen weißen Mäusen aus dem Ärmel und die andere aus der Nase. »Wer keine Läuse hat, hat Mäuse«, rief Pichler-Karl. Wieder sang die kleine Carla eines ihrer Liedchen, und einmal traten die Wind-Töchter gemeinsam auf, und siehe, sie waren schon perfekte Artistinnen! Sie überschlugen sich, purzelten vor dem Vorhang umher, verrenkten ihre Glieder, hatten plötzlich beide Füße hinter dem Kopf, schlugen Salto nach vorn und nach hinten, und Auguste Poter, die durch den Türspalt in den Saal blinzelte, sagte: »Was es nicht alles gibt!«

Sodann trat Karle als Fakir auf, trug eine gestreifte Schlafanzughose, hatte sich aus einer Mullbinde einen Turban geflochten und nannte sich Al Karlim. Al Karlims Oberkörper war nackt bis auf die Tätowierungen, und er fuhr sich mit einer brennenden Fackel über die Haut, ohne geröstet zu werden. Er ließ einen Lampenuntersatz im Publikum herumgehen; man sollte sich überzeugen, daß er Petroleum enthalte. Karle trank das Petroleum, hielt sich ein Tuch vor den Mund, pumpte das Petroleum mit bauchtanzartigen Bewegungen wieder herauf, nahm das Tuch weg, hielt sich die Fackel vor den Mund und spie einen Feuerstrahl, daß man um den gemalten Wald auf den Kulissen bangen mußte. Karle gab drei solcher Feuerstöße von sich, und ehe sich das Publikum vom Staunen erholt hatte, lag er zwischen zwei Stühlen, auf dem einen Stuhl die Fersen, auf dem anderen Stuhl das Genick, und erklärte, daß er nunmehr ein lebender Amboß wäre.

Die Poter-Brüder schleppten einen schweren Feldstein herbei und zankten sich. Sie legten ein Stück Decke auf Karles Brust, die frei zwischen den beiden Stühlen schwebte, und auf das Deckenstück legten sie den Feldstein; Peter Poter erschien mit einem schweren Vorschlaghammer, und Karle, den großen Feldstein auf der Brust, bat beherzte Herren, den Feldstein auf seiner Brust zu zertrümmern. Niemand meldete sich; niemand wollte am Tode von Karle Wind schuld sein und sich strafbar machen. Jeder hatte seine eigene Familie zu ernähren.

»Nicht so zaghaft, nicht so zaghaft!« rief Karle unterm Feldstein hervor. Es meldete sich der zugereiste Schmiedegeselle, er war ein viereckiger Kerl, ein wenig brutal im Gesicht. Aber auch der pochte vorsichtig, bis Karle ihn ermunterte: »Los, drauf, man drauf!«

Der Schmiedegeselle schlug zu. Beim zehnten Hieb zersprang der Stein in mehrere Stücke. Die Poter-Brüder räumten die Steinstücke weg, Karle verbeugte sich mit unverletzter Brust vor dem geschätzten Publikum, und die Wind-Töchter sangen den Bänkelsang vom Mädchen, das einen Räuber liebte: »Geld hab ich keins, kann leider dir keins geben, drum nimm mein Leben für dich hin! . . .«

Karle Wind brachte seinen Schwiegervater Peter Poter auf der Schulter von hinter den Kulissen hervorgeschleppt. Peter Poter war steif wie ein Pfahl, hypnotisiert! Leute aus dem Publikum durften sich überzeugen, wie gefühllos Charlies Schwiegervater geworden war, durften ihn mit einer Stecknadel stechen, und Karle brachte den starren Peter Poter mit einem leichten Fingerdruck ins Schwanken und fing ihn auf, bevor er umfiel. Es wurde gruselig, aber es blieb nicht gruselig. Karle bestrich Peter Poters Augenlider, und Peter Poter erwachte, sagte: »Guten Morgen!« und ging von der Bühne.
Karle hypnotisierte zwei Burschen und redete dem einen ein, er wäre ein Pferd, und dem anderen redete er ein, er wäre ein Hund. Die Burschen rannten auf allen vieren umher. Der Hund kläffte das Pferd an, und das Pferd keilte gegen den Hund aus. Die Leute lachten, klatschten, und der Pichler-Karl sprang auf, schrie bravo, verfehlte vor Begeisterung seinen Stuhl, knallte aufs Parkett, und man lachte über ihn.
Wie vor Jahren, als Charlie noch mit dem Zirkus Müllton reiste, endete auch diese Vorstellung mit der Entfesselungsnummer. Als die bereitgelegten Stricke und Ketten aufgebraucht und verfesselt waren, erklärte Karle, er fühle sich noch frei wie die liebe Luft.
Einige Kleinbauern liefen um Heuleinen nach Hause, und die kleinen Wind-Töchter erhielten Gelegenheit, auf einem Eßteller »ein Benefiz oder Trinkgeld« einzusammeln. »Zwanzigmarkscheine willkommen, und wer nichts gibt, muß nackt zu Bett!« Die Leute waren gelockert, wurden ungeizig und gaben. Manche Spenderinnen strichen den Mädchen bewundernd, fast ehrfürchtig über das Haar.
Zum Schluß wurde die längste Kette gebracht, die es im Dorfe gab – die Ziegenkette des Schneiders, und auch die wurde noch um Charlie Wind geschlungen. Charlie sah aus wie ein Insekt im Spinnennetz und konnte seinen Kopf nur noch mäßig bewegen. Die kleine Carla schlug die Trommel, und wiederum dauerte es nicht eine Minute, bis Charlie sich entfesselt vor dem »geschätz-

ten Publikum« verneigte: »Das war das Ende der Vorstellung. Wenn Sie Ihnen gefiel, empfehlen Sie uns weiter; wenn Sie Ihnen nicht gefiel, behalten Sie es, bitte, für sich!«

Keine Bange vor übler Nachrede! Puppenspieler, Theatertruppen, Filmvorführer, auch kleine Zirkusse hatten unser Dorf besucht, doch die Künstler waren von irgendwoher gekommen und nach irgendwohin weitergezogen, waren keine Sässigen, keine Normalmenschen. Wie anders Winds Karle! Ein greifbarer Mensch vom Krempenhut über Rucksack und Grubenlampe bis zu den Hosenspangen.

Der kleine Dorfschneider, der mit der langen Ziegenkette und den großen Ohren, orakelte: »Niemand weiß, was in einem Menschen steckt, bevor der sich nicht offenbarte. Du lebst neben einem zwanzig und einundzwanzig Jahre, und er kommt dir vor wie ein normaler Mensch, auf einmal schlägt er einen tot, und da erst merkst du, du hattest es mit einem Mörder zu tun.«

Ein Mörder war ja nun Winds Karle nicht. Gewiß strömten ihm geheime Kräfte zu, und ob die nun von über oder von unter der Erde kamen, das war das Rätsel. »Wenn's von unten kommt«, sagte der Schneider, »ist's Teufelswerk, wenn's von oben kommt, ist's Gotteswerk. Sag du was, wenn du was Besseres weißt!«

Karle Wind selber zerbrach sich den Kopf über die Herkunft seiner Kleinkünste nicht. Sein Ruf pflanzte sich fort. Die Bewohner des Nachbardorfes verlangten nach einer Zirkusvorstellung. Jawohl, nächsten Sonntag!

Karle arbeitete weiter im Bergwerk. Soviel die Kollegen ihn dort auch reizten, ein paar Kunststücke zum besten zu geben, er tat's nicht, obwohl es ihm schwerfiel, sich zu versagen. Wenn man ihn aus Willkür entließ, gut, aber einen Entlassungsgrund liefern, nein! Er wollte zeigen, daß er arbeiten konnte wie andere und daß das, was er sonst noch tat, überdrauf war, das Pfund, mit dem er gesegnet war.

Am meisten hatte Winds Karle es mir angetan. Ich befand mich tagelang in einem jener Schwebezustände, von denen her man das Leben, das hinter und vor einem liegt, anzuheben und zu verklären vermag. Es lebte ein Mensch unter uns, der etwas konnte, was andere nicht konnten, und ob es sich nun um Talmi-, Pseudo- oder Kleinkunst handelte, ich war drauf aus, Charlie Wind etwas abzulernen. Das Hypnotisieren hätte mich zum Beispiel in meiner Laufbahn zum Löwendompteur vorwärts bringen können. Ein Dompteur hypnotisierte seine Bestien, war unsere einfältige Ansicht. Auch das Feuerspeien beeindruckte mich und schien mir eine Kunst aus fernen Ländern zu sein.

So zogen wir am nächsten Sonntag mit unserem Zirkus ins Nachbardorf. Peter Poter saß vorn auf dem ausgeborgten Ackerwagen und kutschierte den geliehenen Brandfuchs. Hinter ihm saß seine Tochter Mina. Sie hielt die kleine Verena auf dem Schoß, und neben ihr hockte Klein Carla und hütete die Zigarrenkiste mit den weißen Mäusen, den Tierpark des Zirkus Wind. Neben Carla lagen das Heubündel, die Futterration für das Leihpferd, das polierte Grubenseil für den Schrägseillauf, Fesselstricke und Ketten und der Vorschlaghammer von Peter Poter, falls man im Nachbardorf nicht geneigt wäre, einen Hammer an reisendes Volk auszuleihen. Auf dem Heubündel lagen zwischen angefeuchteten Wischtüchern die Blumenkränze für die Mädchen. Ein kleiner, aus Weidenruten geflochtener Korb enthielt Charlie Winds »Kostüm-Fundus«.

Hinten auf dem Wagen saß mit herunterbaumelnden Beinen der Dorftischler, hielt das Grammophon auf dem Schoß und hatte sich den Trichter, um ihn vor Beulen zu schützen, auf den Kopf gestülpt.

Neben dem Fuhrwerk marschierten auf der linken Seite Winds Karle und die Poter-Brüder; auf der anderen Seite trabten die Freikarteninhaber: der Kleinbauer, der Karle Gehrock und Zylinderhut lieh, der Trommelverleiher und ich, der Mäuselieferant.

Winds Karle hielt Ausschau nach einem Feldstein, und als er einen passenden unter einem Brombeerbusch erspähte, wurde angehalten. Die Gebrüder Poter luden den Feldstein auf den Wagen und machten Molche, Regenwürmer und Käfer, die unter ihm gelebt hatten, heimatlos.

Es war ein milder Sommerabend. Regen konnte uns nicht überraschen, denn Mina Poter hatte, bevor wir losfuhren, daheim dreimal in die Regentonne gespien.
Winds Karle hatte seine Vorstellung durch Plakate popularisieren wollen, die er selber gemalt hatte. Die Rechtschreibekunst war allerdings die Kunst, die Karle am wenigsten beherrschte, deshalb hatte der Dorflehrer die Plakate entfernen lassen. Den Schulkindern sollte kein schlechtes Beispiel gegeben werden. Sie sollten nicht anfangen, Sonntag mit nur einem N und einem H in der Mitte zu schreiben, auch sollten sie nicht auf den Gedanken gebracht werden, daß Salto mortale etwas mit Mord zu tun hätte. Was blieb Karle Wind übrig, als auch im Nachbardorf anzureißen? Es war übrigens wirksamer als Plakate, weil wir Freikarteninhaber mitzogen und Mundpropaganda für unseren Dorfzirkus machten.
Die Vorstellung lief ab, wie sie in unserem Dorfe abgelaufen war, aber diesmal bekam ich den Untersatz der Petroleumlampe in die Hand, als er zum Prüfen herumgereicht wurde. Ich suchte nach einem geheimen Schieber am Gefäß, aber ich fand keinen. Karle hatte also reines Petroleum getrunken!
Etwas später versuchte ich, während der Vorstellung hinter die Bühne zu kommen, weil ich gern gesehen hätte, wie Winds Karle Peter Poter in eine Puppe verwandelte. Es gelang nicht; die Gebrüder Poter bewachten die Tür zur Kammer neben der Bühne, in der Karle seinen Schwiegervater zu einem Stück Holz umformte.
In der Hypnosenummer gab Karle einem Bauernburschen eine nackte Zelluloidpuppe und suggerierte ihm, er wäre eine junge Mutter, und der Bauernbursche legte die Puppe trocken und stillte sie an seiner haarigen Männerbrust.
Makaber, makaber – es gab gekrauste Stirnen, und Fromme wollten an der Tatsache, daß Karle aus Männern Weiber machte, erkennen, daß er mit unterirdischen Kräften im Bunde war, doch die lachlustigen Zuschauer waren in der Überzahl, und sie schwemmten mit Gebrüll und Gewieher alle Bedenken fort.
Als die Leute zwei Dörfer weiter *ihre* Zirkusvorstellung haben

wollten, tat der Fuhrwerksverleiher nicht mehr mit. Sein alter Brandfuchs brauche die Sonntagsruhe, müsse mutig für die Feldarbeit am Montag sein.

Jetzt machte Winds Karle, der in mir längst einen »Verehrer seiner Kunst« erkannt hatte, mich zu ihrem Förderer. Wieder schickte er den kleinen Poter-Bruder als Unterhändler: Ob ich nicht mit unserem Bäckerfuhrwerk den Zirkustransport übernehmen könnte?

»Wenn Winds Karle mir zeigt, wie man Feuer speit!« sagte ich.

Der kleine Poter rannte auf seinen Wildkaninchenbeinen davon und kam sogleich zurück: Wind war einverstanden.

Ich bat meine Mutter, sie möge mit dem Vater verhandeln. Die Mutter war gütig und ging auch sonst auf meine Jugendträume ein, wenn sie nicht zu sehr überschäumten; sie fand, daß mir in meiner Laufbahn als Löwenbändiger ein bißchen Feuerspeien anstünde, und überredete den Vater, unser Fuhrwerk herzuleihen, und da wir zum Brotausfahren einen Planwagen benutzten, glich das Fuhrwerk, mit dem wir nun ins übernächste Dorf fuhren, schon eher einem Zirkusgefährt.

Alles ging gut. Karles Ruf, ein Tausendkünstler zu sein, pflanzte sich fort wie die Wellen im Teich nach dem Steinwurf, und sicher würde er eines Tages in Paris ankommen.

Am Mittwoch der nächsten Woche nisteten wir uns wie Verschwörer in einer alten Waschkaue auf dem Grubengelände ein. Ich glaubte, ich würde meinen Mund durch ein langes Training feuerfest machen müssen, und es irritierte mich, daß Karles Kunst mehr eine Sache der Finger war.

Karle übte geduldig mit mir, bis meine Finger das Feuerspeien beherrschten. Aber wer sich mit dem Teufel einläßt, den zieht er tiefer in die Hölle, denn Karle bat mich bei dieser Gelegenheit, ihn in die nächsten fünf Dörfer zu fahren, er würde mir dafür beibringen, die Hirne meiner Mitmenschen wie Instrumente zu benutzen.

Natürlich sagte ich zu; konnte ich erst hypnotisieren, war's bis zum Löwenbändiger nur noch ein Schritt.

Wie die meisten Menschen, die die Handfertigkeit, die sie soeben

erlernten, die Philosophie, mit der sie soeben bekannt wurden, oder die Liebesbeziehung, die sie soeben eingingen, für so wichtig halten, daß sie ihre Umwelt daran teilhaben lassen müssen, gierte auch ich danach, mich als Feuerspeier zu produzieren.
Meine Eltern lehnten es ab, sich meine Kunst anzusehen. Der Vater fürchtete, ich könnte das Haus anzünden, die Mutter, ich würde mir die Lippen verbrennen.
Die Sommerferien waren vorüber, ich war werktags wieder in der Stadt. Als wir uns in der Schule unsere Ferienerlebnisse erzählten, erwähnte ich, daß ich von einem Fakir das Feuerspeien erlernt hätte.
Man verhöhnte mich, forderte mich auf, meine Kunst zu zeigen, aber wo hätte ich das in der Schule tun können, ohne für einen Brandstifter gehalten zu werden?
Eine Schwäche unseres Chemielehrers Etzold kam mir zu Hilfe. Etzold war ein alter Artillerieoffizier, Junggeselle und Weintrinker. An Tagen nach dicken Räuschen, die er sich vierzehntägig in den Gessnerschen Weinstuben anhalf, ließ er Chemie Chemie sein und erzählte uns seine Weltkriegserlebnisse.
An einem solchen Tage teilte der Klassensprecher mit, daß ich auf indisch Feuer speien könnte. Etzold sah einen Anlaß, seinen schweren Kopf zu schonen und formte das Feuerspeien zu einer Schulaufgabe um: »Kannst du's, wird's 'ne Eins, kannst du's nicht, wird's 'ne Fünf!« Er kratzte sich die Kriegsnarbe auf seiner geröteten Glatze, und die Mitschüler sahen mich herausfordernd an; nur meine besten Freunde glaubten an meine Kunst.
Der Lampenuntersatz wurde herumgereicht. Die Mitschüler beschnüffelten ihn, rümpften die Nasen, und Chemielehrer Etzold stellte fest, daß der Untersatz keinen Rotwein enthielt.
Die Fackel wurde angezündet. Ich verdrehte die Augen, konzentrierte mich, wie ich es bei Karle Wind gelernt hatte, dann trank ich das Petroleum auf einen Hieb, hielt mir ein Baumwolltuch vor den Mund, pumpte den Brennstoff durch entsprechende Bauchbewegungen aus dem Magen, hob die Fackel, nahm das Tuch weg, und aus meinem Munde schoß eine Feuerwolke.
Stille. Staunen. Chemielehrer Etzold ließ die Fenster öffnen; ich

hielt mir schon wieder das Baumwolltuch vor den Mund und bereitete meinen zweiten Feuerstrahl vor. Auch der zweite Strahl erschien, und ich gab nach und nach fünf Flammenbündel von mir, und sie wurden breiter und mächtiger, und meine Mitschüler duckten sich immer mehr.

Ich genoß meinen Triumph, denn ich hielt damals Triumphe für etwas Bleibendes und wußte nicht, daß man sie unausgesetzt wiederholen muß und daß Leute, denen Einsichten wuchsen, das nicht leisten können.

Meine Mitschüler waren von meiner Kunst überzeugt. Chemielehrer Etzold bat um weitere Flammenspiele. Ich erklärte, das Petroleum wäre aufgebraucht. Etzold bot Petroleum aus seinem Chemiekabinett an. Ich dankte, meine Konzentrationsfähigkeit wäre mit fünf Flammenpaketen verausgabt.

»Zeig das Tuch!« Etzold riß es mir aus der Hand und entdeckte dünne Glasscherben. Ich hatte jedes Mal, wenn ich mir das Tuch vor den Mund hielt, eine Phiole Feuerzeugbenzin zwischen die Zähne geführt und zerbissen.

Etzold schüttete die Glasscherben erbarmungslos auf den Versuchstisch, griff sich den Lampenuntersatz und füllte den Rest des »Petroleums« in ein Probierröhrchen. »Wasser«, sagte er.

»Es roch aber nach Petroleum«, sagte einer meiner Freunde, der nicht wissen konnte, daß ich den Untersatz von außen mit Petroleum bestrichen hatte.

Etzold schrieb mir eine Fünf ein. »Für ungeschicktes Täuschen«, sagte er, »beim Kommiß wären das drei Tage Bau!« Seine Kopfnarbe strahlte wie eine Kriegsauszeichnung.

Ich machte die erste Bekanntschaft mit dem ewigen Zwist von Poesie und Wissenschaft. Oder standen sich hier Pseudopoesie und Pseudowissenschaft gegenüber?

Etzold benutzte seinen Triumph, unabdingbar zu erklären, alle Fakirkünste wären Lug, Trug und Illusion, und alle sogenannten Wunder wären mit der Säure der Wissenschaft aufzulösen.

Aber auch Etzolds Triumph war kurz, die Schüler murrten, und der Klassensprecher fragte: »Aber was war mit dem Mann auf dem Jahrmarkt, Herr Etzold?«

»Schwindel auch das!« Etzold berief sich auf die Entlarvung eines Hungerkünstlers in Berlin. Die Arbeitslosigkeit verführte damals manche Menschen, mit ihrer Gesundheit zu aasen. Jener Mann in Berlin, der sich Jolly nannte, ließ sich tagsüber in einem Glaskasten als Hungerkünstler bestaunen, und nachts versorgten ihn Komplizen durch die Luftleitung des verlöteten Behälters mit flüssiger Schokolade.

Trotzdem, trotzdem – der Mann auf unserem Jahrmarkt war echt gewesen. Er ließ sich, in Abständen von einer Stunde, einen Meter tief in die Erde eingraben. Vorher rollte er seine Zunge ein, legte sich auf dem Bauch in die Grube, und wir alle, selbst die Stadtpolizisten, halfen die Erde über dem Begrabenen festtreten.

Wir warteten eine Stunde, während der Helfer des Begrabenen mit viel Bummbumm und Trara die Jahrmarktsbesucher anlockte und abkassierte. Dann grub er seinen Kompagnon aus und schüttelte ihn wach. Der Ausgegrabene sprach mit uns und erklärte den Erwachsenen für ein Extrageld hinter der vorgehaltenen Hand sein Geheimnis.

Chemielehrer Etzold hatte die Begebenheit leider nicht wahrnehmen können; er wäre verhindert gewesen, sagte er, und wir wußten, daß sein Hindernis die Gessnerschen Weinstuben waren.

Ich erzählte Charlie Wind von meinem Mißerfolg. »Ein guter Artist läßt sich nicht hereinlegen. Eines Tages wirst du ihn hypnotisieren und scheintöten«, sagte er, und die Weizenähre seines Bärtchens hob sich.

Meine Touren mit dem Zirkus Wind wurden von Sonntag zu Sonntag länger, und es ging nicht mehr so gut wie ehedem: Der Dorftischler verlangte außer seiner Freikarte ein Tagesgeld. Karle behauptete, er könne kein Tagesgeld zahlen, und die Wind-Töchter mußten die Grammophonmusik mit ihren Liedchen ersetzen.

Einen Sonntag weiter forderte der Gehrockbesitzer Leihgebühr, seine Sachen würden beim Umherreisen nicht besser. Charlie verweigerte auch ihm ein Leihgeld und versuchte, mit Peter Poters Bräutigamshose auszukommen.

Dann wollte der Gutsherr angeblich nicht mehr dulden, daß sein Zweitkutscher Peter Poter im Zirkus seines Schwiegersohnes den Clown machte, und schließlich verlangten die Gebrüder Poter neben dem Abendbrot und dem Bier, das ihnen Charlie bei jeder Vorstellung zahlte, etwas Gage.

Gage? Wieso das? Gehörten sie nicht zur Familie? Charlie verhielt sich nicht besser zu seinen Schwägern, als sich Müllton einst zu ihm verhalten hatte; er geizte und hatte vor, seinen Zirkus zu vergrößern.

Als die Sonntagstouren sich zu Tagesreisen auswuchsen, weigerte sich Mina Poter, ferner mit auf die Fahrt zu gehen; sie käme weiter und weiter in die Welt hinaus, und schließlich würde man sie für eine Zigeunerin halten, und das sollte nicht geschehen, nein, sie und die Mädchen wollten seßhaft und ehrlich bleiben.

Der einzige, der Winds Karle treu blieb, war ich, und als ich seinen Zirkus die vereinbarten fünf Sonntage transportiert hatte, wartete ich auf den Hypnoselehrgang, doch mitten in der Woche fand der Schlepper Franz Ditschke, der sich in einem Querschlag die Hosen abziehen gegangen war, als er zurückkam, seinen Häuer Karle Wind leblos vor Ort liegen. Er prüfte den Arbeitsort, fand aber weder einen zerbrochenen Stempel noch niedergegangene Kohle und konnte sich nicht erklären, auf welche Weise Winds Karle zu Tode gekommen war.

Es war in der Nachtschicht, und Ditschke schleppte den leblosen Karle auf die Hauptstrecke, legte ihn auf einen gefüllten Kohlenhunt und ließ ihn mit dem Aufzug nach über Tage befördern.

Der Werksanitäter betastete und behorchte Karle und erklärte: »Leben tut er nicht mehr, aber ganz tot ist er auch nicht!«

Ein Grubenkutscher wurde herausgeklopft und mußte anspannen. Man polsterte den Vierzöller-Kohlenwagen mit Heu, legte Winds Karle drauf, und der Kutscher fuhr mit ihm zur Kreisstadt.

Gegen fünf Uhr morgens hielt der Vierzöller vor dem Eingang des Kreiskrankenhauses, aber der Wagenkasten war leer. Die Krankenträger beschimpften den Kutscher: » Was bringst du uns eine Fuhre Heu? Sind wir eine Fouragehandlung?«

Karle Wind war zwei Tage verschwunden, da brachte mir der kleine Poter, der mit den abgeschnittenen Hosenbeinen, eine gewendete Lohntüte, die mit Roggenmehlkleister zugeklebt war. Der kleine Poter versicherte, er könnte sich in die Beine beißen, aber er hätte die Tüte bei aller Aufregung vergessen, vielleicht enthalte sie eine Nachricht von Karle, zumindest meinen Lohn.

Es war weder eine Nachricht noch mein Lohn in der Tüte, jedenfalls damals nicht, als ich sie erhielt; es steckte ein Zettel drin, der Rand einer Tageszeitung, auf dem mir Charlie Wind in seiner arteigenen Orthographie mitteilte: »Sie hypnosiern sich selba!«

»Karle hat dich reingelegt«, sagte mein Vater, und weiter sagte er glücklicherweise nichts. Die Mutter äußerte sich nicht zu der Angelegenheit; sie war oft von Zigeunern betrogen worden und hatte mir die Gutgläubigkeit vererbt.

Mina Poter weinte ihr Pensum herunter. Peter Poter wurde gehänselt: »Du als alter Kutscher hättest es wissen müssen, daß ein Pferd, das einmal durchging, es wieder versucht!« Abergläubische Weiber tratschten, Winds Karle wäre endlich vom Teufel geholt worden.

Mina Poter kam versuchsweise um Bergmanns-Witwen-Rente ein, aber die Herren von der Grubenverwaltung lehnten ab: Wenn der Bergmann Wind wirklich als Leiche aus dem Schachte getragen wurde, wo war je eine Leiche davongelaufen? Zudem hätte Wind am fraglichen Tage seine letzte Schicht gefahren, seine Arbeit wäre ihm am soundsovielten aufgekündigt worden.

Einen Monat nach Charlies Verschwinden traf Geld für Mina Poter ein. Auf der Postanweisung stand: »Im Auftrage des Herrn Charlie Wind, Allround-Mann, Artist engros, ambulant.«

Mina fing wieder an zu weinen. Ein toter Karle hätte sich leichter ertragen lassen als ein lebender draußen in der Welt, als einer, der sie verschmähte. Ach, hätte sie ihn mit seinem Zirkus nicht allein gelassen!

»Wolltest du wirklich eine Zigeunerin werden?« fragten die Kleinbauerntöchter.

Schließlich bekamen die Dörfler ein neues Ereignis zu bereden: Karle Pichler erhängte sich. Mina fing an, sich mit dem Witwer Metschke zu trösten; vielleicht pflückte sie jetzt für den, wenn es niemand sah, einen Gansblumenstrauß. Schließlich war Mina unbescholten; nicht sie hatte jemand verlassen, »sondern entgegengesetzt im Gegenteil«, sagte Peter Poter.
Ich kam um den Triumph, meine Mitschüler in der Chemiestunde zu hypnotisieren. Zu gern hätte ich Etzold bewiesen, daß man sein Hirn auch anderswo als den Gessnerschen Weinstuben paralysieren konnte.
In meiner Heimat erzählt man viele Geschichten von Charlie Wind, vielleicht schon Legenden, aber wer ihn erwähnt, muß Sanddorf erwähnen. Karl Wind hat mein Heimatdorf aus dem Alltag herausgehoben, denn dort hat er eine Weile gelebt und seine Künste spielen lassen.
Auch ich habe oft an Charlie Wind denken müssen. Hatte nicht auch ich mich entfesselt und entfesselt; hatte ich nicht meine Berufe, meine geistigen Standpunkte gewechselt und mich stets getrieben gefühlt, anderes zu leisten, als meine Umwelt von mir verlangte? Träume ich nicht noch davon, in Gedanken und Gefühlen auf einem Schrägseil von der letzten Dorfhütte zur Spitze des höchsten Radarturmes und von dort in unerforschte Höhen aufzusteigen, um verschlüsselte Nachrichten aus dem Kosmos zu empfangen und sie entschlüsselt weiterzugeben?

Nachtrag:

Ich vergaß zu erwähnen, daß ich noch einmal indirekt mit Charlie Wind zu tun bekam. Es war nach dem letzten Kriege, und ich war der Mann, der im Heimatdorf das Personenstandsregister führte, der Standesbeamte.
Eines Tages kam eine appetitliche Dame zu mir, blondhaarig und schwarzäugig, eine Dame, die man nicht vergißt, wenn man sie einmal sah. Sie war dürftig gekleidet; wir strotzten alle nicht

wohlständisch damals. Die Dame bat um drei Geburtsurkunden, sie beabsichtigte zu heiraten.
»Ihr Name, Ihr Jahrgang, bitte?«
»Carla Wind, Jahrgang neunzehnhundertzweiundzwanzig.«
»Das kleine Fräulein aus Paris, die Artistin?« fragte ich.
Die Dame hob ihre Oberlippe. Ich erkannte das Lächeln von Charlie Wind: »Ich weiß nichts von Artistin und Paris, wir wohnten immer hier.«
Dagegen war nichts zu sagen, und ich sagte auch nichts, und ich fragte nicht weiter, doch ich wunderte mich, daß die Menschen nach dem furchtbaren Krieg und der großen Verführung, die sie hinter sich hatten, schon wieder so flott lügen mochten. Sollte Charlie Wind mit seiner Botschaft in der gewendeten Lohntüte recht gehabt haben, mit der Botschaft, die da hieß: »Sie hypnotisieren sich selber!«

Piešťany, im Mai 1974

Die rechte Großmutter

Als ich geboren wurde, war meine rechte Großmutter schon zwanzig Jahre tot. Es gab noch ein sorbisches Häubchen und ein weißes Umschlagtuch mit großen Rosen, vor allem aber Großvaters Erzählungen von ihr, und die waren so anschaulich, daß ich mir noch heute einbilde, die rechte Großmutter gekannt zu haben.

Sie war klein und reichte Großvater nur bis ans Kinn; ihre Wangen waren rot, und in der rechten Wange gab es ein Grübchen, das ihr Lächeln lieb machte. Es reizte Großvater, öfter, als auf dem Dorfe schicklich, seine bartbewachsenen Lippen dorthin zu drücken. Die rechte Großmutter war freundlich zu jedermann, und sogar die Frauen hielten sie für schön, bis auf ihre jüngste Schwester.

Großvater und die rechte Großmutter hatten viele Kinder, doch die starben im Säuglingsalter an der *Auszehrung*, nur meine Mutter blieb am Leben, aber bald nach Mutters Geburt befiel meine rechte Großmutter die Sucht zu schwinden, die *blühende* Schwindsucht.

Großvater saß an ihrem Bett. »Hanne, liebe Hanne, stirbst nun auch du?« Die Großmutter lächelte wie aus einem forttreibenden Kahn, und ihre Wangen waren röter als rot im Fieber, und das Grübchen erschien auf der Wange, und Großvater wußte nicht, was tun, aber die Großmutter wußte es: »Wenn ich fort bin, nimm dir unsre Lena!«

Die Großmutter starb, und Großvater nahm sich die Lena, und das war Großmutters jüngste Schwester. Sie reichte Großvater nur bis an die Brust, und sie sagte, sie habe Großvater schon als Kind geliebt, als er zu ihrer großen Schwester Hanne auf die Freite kam.

Großvater konnte seine Hanne nicht vergessen. Sie erschien ihm im Traum und gab Ratschläge, und die Ratschläge waren Großvater heilig. Wenn alles zur Haferaussaat bereit war, konnte es

am Morgen heißen: »Gesät wird nicht! Es kommt noch mal Schnee. Hanne hat mir gesagt.«
Stiefgroßmutter Lena maulte eifersüchtig: »Hanne, Hanne, ganzes deine Hanne!«
Großmutter Hanne beriet Großvater aus himmlischen Höhen auch beim Pferde- und Ferkelkauf, und ihre Hand war wohl auch im Spiel, als Großvater einmal als einziger im Dorf die Zentrumspartei und einmal die Kommunistische Partei wählte, weil ihm das *Paperapapp* der Sozialdemokraten nicht mehr gefiel. Nur die Deutschnationalen wählte Großvater niemals. Das waren die Preußen, und gegen die war sogar die rechte Großmutter in den himmlischen Höhen noch.
»Hanne, Hanne, ganzes deine Hanne«, maulte die Stiefgroßmutter, »war sie denn gar so schöne?«
»Was sie zu schöne war, bist du zu kleene«, antwortete Großvater. Er verhielt sich zu ihr immer noch wie zu einer jüngeren Schwester seiner Frau, die man bevormunden und ein bißchen necken muß.
Stiefgroßmutter Lena ging nach einer solchen Antwort beleidigt umher und sah auf Großvaters Westenknöpfe, wenn sie unbedingt mit ihm sprechen mußte, aber sie liebte ihn doch, und wenn er sich schon morgens auf die niedrige Ofenbank setzte, den Kopf in die Hände stützte und vor sich hin starrte, wurde sie unruhig. »Ist dir was, Matthes?«
»Laß mir in Ruhe, heute ist Hannes Sterbetag!«
Dann ging die Stiefgroßmutter hinaus und brummte dort: »Hanne, ganzes, ganzes seine Hanne!«

Das Teufelsmesser

Großvaters Tischschublade enthielt merkwürdige Dinge: einen Glasschneider, eine Anreißschnur für Zimmerleute, die mit Ofenruß geschwärzt werden mußte, um mit ihr den Weg der Schrotsäge auf Brettern und Balken vorzuzeichnen; Munition für ein Zündnadelgewehr; ein Tütchen Teufelsdreck, vor dem jede Hexe floh, wenn man ihn anzündete und schwelen ließ, und ein Stück vom Hängestrick eines gewissen Sastupeit, der sein Leben im Schnapsrausch beendete; aber das schaurigste Ding war ein Taschenmesser mit Hirschhornschalen, das nichts weniger als in der Wade eines Teufels gesteckt hatte. Der Teufel war blaß gewesen, jung noch und unerfahren, ein Anfänger in seinem Beruf, und wir kannten ihn fast mit Vornamen aus Großvaters Erzählungen, und mit den Jahren tat er uns leid.
Nach Großvaters Berichten steckte in jedem Wirbelwind, der sommers über die Felder küselte, ein Teufel. Je kleiner der Wirbelwind, desto kleiner der Teufel, der drin saß und Dinge lebendig machte, die sonst still dort lagen, wo sie hingehörten, wie Misthalme, welke Baumblätter, Papierstückchen, verdorrte Blumen und den nötigen Weg- und Feldstaub, natürlich, der die bekannten Trichter und Wirbel abgab, in denen sich der Teufel versteckte.
Ja, wenn es überall so beherzte Männer wie Großvater gegeben hätte, hätte es nirgendwo in der Welt zu Wirbelsturmteufeleien kommen können, bei denen Häuser niedergerissen, Fabrikschornsteine gefällt und Menschen emporgeschleudert wurden. Alles Niewiederkehrende hatte sich in Großvaters Kindheit und in seiner Jugendzeit und im *Lande* Klein-Partwitz im Kreise Hoyerswerda ereignet; das war Großvaters Heimatdorf.
Großvater macht Mittag beim Heidekornmähen, und er trinkt aus der bauchigen Tonflasche, und wie er in die flimmernden Felder sieht, erblickt er über Schubeinz' Feld einen kleinen Wirbelwind, und der Wirbelwind kommt auf Großvater zu und

packt Großvaters Brottuch und hebt es empor, und das Brottuch gehört dem Förster aus Blunow, bei dem Großvater Knecht ist, und Großvater nimmt sein Taschenmesser, mit dem er vom Brotkanten heruntergeschnitten hat, und er wirft es in den Wirbelwind, und der Wirbelwind pfeift, und die Luft geht ihm aus, und er verschwindet, und am Rain sitzt ein kleiner Teufel, und das Messer, Großvaters Messer, steckt in der Wade des Teufels.

Das Teufelchen ist blaß und hilflos, und es bittet Großvater, er möge es vom Messer befrein, und es ist der unentbehrliche Pferdefuß, in dessen Wade das Messer steckt.

Großvater ist nicht bereit zu tanzen, wo so ein kleiner Teufel pfeift, und er springt hin und schüttelt den kleinen Teufel: »Sich dir vor und laß die Leite in Ruhe!«

Und der kleine Teufel bittet um Gnade und ist bleich und zittert wie ein Lehrling nach der ersten Zigarette, und Großvater zieht ihm das Messer aus der Wade, und fort ist der Teufel, und Großvaters Brottuch stinkt, und die Förstermagd muß es waschen, dreimal nach Regel und Kunst, und auch dann stinkt es noch, daß man es nicht im Hause behalten kann.

»Ach, der arme Teufel, hatte er am Pferdefuß eine Wade, Großvater?« – »Ssa, ssa«, machte Großvater, und er überhörte die Frage, »ja, so ist das mit dem Deibel!« Großvater zeigte an der Messerklinge, wie tief das Messer in der Wade des Teufels gesteckt hatte, und da war vor allem das Messer, das keinen Zweifel an der Wahrheit der Geschichte zuließ, zumal wir wußten, daß Großvater es seither nie mehr benutzte.

An diese Teufelei muß ich denken, wenn ich in gewissen westlichen Zeitungen etwas über mein Land oder gar über mich lese, und ich finde, daß sich manche Zeitungsschreiber dort der Methode meines sorbischen Großvaters bedienen, Teufelsgeschichten aufzutischen. Was mich wundert, ist, daß es dort Leser gibt, die so naiv und glaubfreudig sind wie wir als Dorfkinder in den Niederlausitzer Wäldern.

Tran

Frühsommermorgen – doch die Sonne ist fern, und der Himmel ist grau und voll Wasserdampf, und der Dampf kühlt sich ab, und er wird zu Regen.

Es regnet vom ersten Taglicht an, und die Kühe stehn unter den Bäumen und glänzen und triefen und kaun ihre Nachtnahrung wieder.

Immer, wenn sommers die großen Regen über das Land gehn, zieht mit ihnen ein Geruch heran, der Geruch von Großvaters Schuhtran.

An solchen Sommer-Regentagen, an denen man sich auch mit dem Kartoffelsack als Mantel nicht lange im Freien aufhalten konnte, kochten wir Großvaters Tran, und wir kochten ihn in der Viehküche, und Großvater benutzte einen verräucherten, gußeisernen Topf dazu.

Das Grundelement von Großvaters unübertrefflichem Schuhtran war ranzig gewordenes Leinöl, das er jahrsüber sammelte, und eine andere Substanz, die hinein gehörte, war Harz von Fichten, Kiefern und Sauerkirschbäumen. Sodann durften gestoßene Kreide und eine Prise Heringslauge nicht fehlen und etwas Pferdeurin, den ich besorgen mußte; und während ich im Pferdestall auf die Bereitwilligkeit eines Pferdes lauerte, Großvaters Schuhtran aromatisch zu ründen, kratzte Großvater Ruß – und der durfte nur von einem Holzfeuer stammen – aus dem Schornstein.

Das Kochen begann. Großvater rührte, und ich feuerte mit lockerem Reisig, das in den Flammen zerging. Wir kochten drei Stunden, und es roch bald nach Harz, und es roch bald nach ranzigem Leinöl, dann wieder nach Heringslauge oder auch Pferdeurin, je nach der Substanz, die sich überm Feuer gerade erschloß.

Großvater machte beim Rühren seine Verschen: »Ein Schuh, der sich nicht dicht verhält, macht mehr Krepier, als uns gefällt . . .«

Sonntags schmierte Großvater seine Schuhe, seine Schaftstiefel, auch seine Holzschuhe und das Oberleder der Holzpantinen. Auch wir Kinder ließen unsere Sonntagsschuhe von Großvater schmieren; sehr zum Leidwesen unserer Mutter übrigens, denn ein Schuh, den man mit Großvaters Schuhtran behandelte, wurde nie mehr blank, blieb blind sein Leben lang.
»Das verrrfluchte Schuhkremm«, das man im Dorfladen kaufen konnte, war nach Großvaters Ansicht ungesund, aber sein Schuhtran war gesund, weil er kein Wässerchen an die Füße ließ. Wir spazierten am Sonntagnachmittag, von unseren Spielfreunden beneidet, im seichten Wasser des Dorfteiches umher und spielten *Jesus auf dem See Genezareth*.
Großmutter zog sich einen Husten zu. Großvater behauptete, sie habe nasse Füße gehabt. »Das verschißne Schuhkremm!« Er suchte Großmutters Schuhe, die sie vor ihm versteckt hatte, und er fand sie und trante sie.
Großmutter erhob ein Geschrei und spuckte vor Großvater aus, als sie die Schuhe anziehn wollte, um in die Kirche zu gehn. Großvater lachte und brachte sie auf, bis sie schrie: »Je älter du wirst, desto unfrommer wirst du!«
Großvater beeindruckte das nicht. Er wollte nicht fromm sein. Über den *lieben Gott* konnte man von ihm nichts erfahren, dafür kannte er viele Geschichten vom Teufel, und er hatte, wie er behauptete, mehrmals mit dem Teufel zu tun gehabt.
Großmutter ging nach Großvaters Ansicht nur in die Kirche, um dort mit anderen Frauen schwatzen zu können. »Krah, krah, krah – tschert, tschert, tschert – das ist ihr Gottesdienst.«
Vielleicht hatte Großvater recht: Auch Großmutter war nicht eigentlich fromm, aber ein Vergnügen mußte ein geplagtes Weib haben, und deshalb ging Großmutter vor allem bei Hochzeiten, Taufen und Leichenbegängnissen in die Kirche.
Nun heiratete die Tochter des Gutsherrn einen verdümmelten Offizier, und Großmutter mußte in die Kirche.
Großvater ging in den Wald um Besenreisig, denn auch der Gutsförster mußte ja in der Kirche sein. Und als Großvater am *Hause Gottes* vorüberkam, standen da links vor dem Eingang

Großmutters stinkende Schuhchen. Großmutter war auf Strümpfen zur Hochzeit gegangen.
Großvater ging nach Hause, zog seinen alten Bräutigamsanzug an, setzte seinen Hut mit dem verschwitzten Zierband auf, nahm Großmutters Schuhe und trug sie in die Kirche.
Die Orgel spielte, und Großmutter hustete, und Großvater stellte ihr die stinkenden Schuhe hin, und er ging wieder hinaus und zog sich daheim wieder um.
Großmutter weinte, sie weinte oft über den alten Teufel, dessen Liebe so hart und nachdrücklich war.

Die Tabakpfeife

Alles, was Großvater im Bauernkalender las, war für ihn *naturreine Wahrheit*. Was in den Zeitungen stand, war teils wahr und teils erlogen. In den Büchern standen erdichtete Geschichten, und etwas ausdichten konnte Großvater sich selber. Er tat es auf dem Kutschbock beim Klappern des Fuhrwerks: »In der Linde, der krummen, hörst du Bienchen und Hummchen summen . . .«

Wenn wir Großvater beim lauten Versemachen ertappten, machte er: »Simm, simm, simm«, als striche er alles durch, sah uns an und sagte: »Ja, ja, so ist das, so ist das!« – Nach der Meinung der Dorfleute konnte ein Häusler, der Verse machte, nicht ganz richtig im Kopfe sein.

Abends, nur abends, rauchte Großvater seine lange Tabakpfeife. Sie hatte einen Porzellankopf, und der war mit einer Waldlandschaft bemalt: Zwischen giftgrünen Bäumen stand ein röhrender Hirsch, dem viel Atemdampf aus dem Geäse kam.

Die Tabakpfeife war eine Lehrerpfeife, und Großvater war stolz auf sie. Er hatte sie zusammen mit einem hölzernen Lehnsessel auf einer Auktion erstanden. Sie gehörte zum Nachlaß des Lehrers aus Großvaters Heimatdorf Klein-Partwitz; der Lehrer hatte Kopetzki geheißen und war nach Großvaters Meinung der beste Vogelkenner des Sorbenlandes gewesen. »Er konnte dir jeden Vogel nachmachen, er war dir schon selber ein Vogel.« Großvater blies und puffte bläuliche Tabakwölkchen in die Stube. Er rauchte nur Rippentabak; denn der war am billigsten, und er kaufte ihn in der Kreisstadt beim Zigarrenmacher in kleinen Bündeln. Den Tabak schnitten meine Schwester und ich mit Großvaters scharfem Jagdnicker, den wir sonst nicht anrühren durften.

Die *Kaufmannsstreichhölzer* waren für den tiefen Porzellankopf an Großvaters Pfeife zu kurz, und sie waren vor allem *ungesund*, wie Großvater behauptete, deshalb fertigten wir Schwefelhölzchen an, wenn Großmutter bei einer Nachbarin zum Schwatz war. Wir waren dann für längere Zeit sicher, denn Großmutter schwatzte gern und nichts als *Papperepapp*, wie Großvater sagte. Er schnitt mit seinem Jagdnicker zweifingerlange Hölzchen von einem Kiefernkloben, während auf der glühenden Herdplatte in einer alten Kasserolle Schwefelklumpen flüssig gemacht wurden. Schwefel war *sehr gesund*, wenn man Großvater glauben durfte, und wir glaubten es ihm, weil er selber glaubte, was er sagte. Er biß ein Stück von einem Schwefelklumpen herunter und verzehrte es, und auch wir verzehrten je unser Schwefelstück, ohne die Gesichter zu verziehen.

In einer Alchimistenkuchel kann's nicht schlimmer gestunken haben als in Großvaters Stube, wenn der Schwefel kochte. Wir tauchten die Enden der zugeschnittenen Hölzchen bündelweis in den flüssigen Schwefel, und die Schwefeltropfen erstarrten in der Stubenluft zu gelben Schwefelholzkuppen.

Zum Anzünden der Schwefelhölzer benötigte man ein Herdfeuer oder eine glühende Ofenplatte, deshalb konnte Großvater seine Pfeife nur in der Nähe des Ofens rauchen.

Der geschnittene Rippentabak hing in einem Beutel am Türpfosten. Den Beutel hatte meine Mutter als Kind für Großvater zum Geburtstag aus Flicklappen zusammengenäht und mit bunten Glasperlen bestickt. »Unsere Lene, was hat sie für geschickte Finger!« konnte Großvater sagen, wenn er den Tabakbeutel besah.

Auch wir durften Großvaters Tabakpfeife rauchen, wenn wir Zahnschmerzen hatten. Wir hatten Zahnschmerzen, wenn wir für die Schule die Bücher des *Alten Testaments* auswendig lernen sollten: »Jesaja, Jeremia . . .«

Großvater achtete darauf, daß wir den Rauch lange genug im Munde behielten, damit der Zahnschmerz ausgeräuchert wurde. Eine solche Zahnbehandlung endete meist mit schwerer Blässe und nachfolgendem Erbrechen des Patienten. Beide Erscheinungen reichten aus, die Schule mit Berechtigung zu schwänzen.

Um die Weihnachtszeit kam alljährlich der neue Kalender. Er

enthielt die Daten der Kram-, Vieh- und Pferdemärkte unseres Bezirks, und er brachte die Wettervorhersagen nach dem *Hundertjährigen Kalender*.

Einmal waren wir in der Heuernte, und der Kalender hatte gut Wetter vorausgesagt, doch als wir das Heu schon fast trocken hatten, brach ein Gewitter los und verdarb es. Großvater zog den Tischkasten auf, packte den Kalender und warf ihn aus dem Fenster hinaus in den Regen: »Was fällt dir ein? Da überführ dir, du Lügensack!«

Großmutter holte den Kalender herein. Er hatte achtzig Pfennig gekostet. Sie entschuldigte den Kalender: »Es kann doch vorkommen, daß eins mal die Unwahrheit sagt.«

»Du vielleicht, ich nicht«, sagte Großvater.

Die Kalendergeschichten las Großvater jahrsüber mehrmals, und manche Partien der Geschichten konnte er auswendig, besonders, wenn sie sich auf Personen aus der Geschichte der von ihm gehaßten Preußen bezogen, oder auf Personen, die einem Mord zum Opfer gefallen waren, oder auf andere, die sich selber umgebracht hatten.

Als sich im Dorf ein heimatloser Fleischergeselle erhängte, zitierte Großvater aus einer Kalendergeschichte: »Er sah kein Land mehr, nur böse Menschenzungen, und er ließ sich von ihnen treiben und suchte die Handwärme seiner Mutter, und die war nicht mehr, und da legte er sich ein Seil aus Hanf um seinen Nacken und schied . . .«

Im Kalender standen auch Inserate, zwielichtige Bücher wurden angeboten: *Freie Liebe* oder *Ehe in Not* und *Wie lerne ich mich japanisch selbstverteidigen*, auch *Herren rauchen Bremer Keulen*.

Die Inserate kümmerten Großvater nicht. Er nannte sie: »Schißchen, schißchen.« Aber die *Ratschläge für gesunde und kranke Tage* las Großvater eifrig, obwohl er nie ernstlich krank war. Er hatte sich vorgenommen, sehr alt zu werden, einerseits um sehen zu können, ob seine Enkel einmal *reiche Männer* werden würden, andererseits, damit Großmutter, die er für leichtsinnig hielt, seinen *Nachlaß* nicht würde verprassen können.

In dem Jahr, von dem ich erzähle, brachte der Kalender eine Abhandlung über die *Schädlichkeit des Tabakrauchens.* Großvater rauchte fortan nicht mehr und stellte seine Tabakpfeife in die Bodenkammer. Uns erzählte er, im Tabak kämen bestimmte Tierchen, sogenannte *Nikotina* vor, die mit dem Rauch in die Lungen und Mägen der Menschen drängen, um sie allmählich zu töten. Großmutter spuckte vor Entsetzen aus.

Ohne Tabakpfeife wurden Großvater die Winterabende lang. Er lehrte uns das Kartenspielen: *Schafkopp* und *Sechsundsechzig.* Wir wurden abgefeimte Kartenspieler und spielten nicht nur in der Schule, sondern auch in der Kirche während der Predigt hinter der Orgel. So kamen wir unangefochten vom Bußdrang, den uns der Pastor einzuverleiben gedachte, über den Winter.

Was sich nun jahrsüber in der Kalenderredaktion der Stadt Sorau auch abgespielt haben mochte, ob die Firmen, die die Zigarren *Bremer Keule* oder den Tabak *Krauses schwarzer Knaster* als besonderen Lebensgenuß angepriesen hatten, der *Antinikotinkampagne* des Kalendermachers wegen ihre Inserate zurückgezogen oder wenigstens mit deren Zurückziehung gedroht hatten, im neuen Kalender erschien eine vorsichtige Zurücknahme des allzu strengen Gesundheitsratschlages vom Vorjahr. Man dürfe schon ein wenig rauchen, ja, ja, hieß es, vor allem Zigarren und Pfeife, doch sei wichtig, die Pfeife stets sauberzuhalten.

Da holte Großvater seine Tabakpfeife aus der Kammer und rauchte fortan wieder, aber er säuberte die Pfeife täglich mit einem langen Draht in der Regentonne auf dem Hofe, und er trocknete sie tagsüber auf dem Ofen, um sie am Abend rauchen zu können.

Alles kam in die Reihe: Wir schnitten wieder Tabak und stellten zu Großmutters Unfreude Schwefelhölzer her, und Großvater sog mit den feinen Tabakpüffchen winters eine Menge Geschichten aus der Pfeife, die mich noch heute bewegen.

Großvaters Tod

Großvater wurde neunzig Jahre alt, und mir ist, als hätte ihn nicht das Alter, sondern der Hunger gefällt. Als der zweite große Krieg der deutschen *Übermenschen* endlich zu Ende war, lag Großvater ausgehungert und entkräftet zu Bett und navigierte sich, wie früher durch sein arbeitsreiches Leben, mit der Uhr und mit dem Kalender auf seine Sterbezeit zu. Er sah auf dem Sterbebett nicht zum Fenster hinaus in die vielhundertjährigen Eichen auf dem Dorfanger, weil er auf seine Enkel wartete und die Stubentür im Auge haben wollte, und neben der Stubentür hing die Uhr. Das Zifferblatt und die Zeiger konnte Großvater ohne Brille nicht mehr erkennen, aber da waren die drahtherben Stunden- und Halbstundenschläge, die seine Sterbezeit in kleine Strecken aufteilten. Wenn die Gewichte der Uhr – in Gußeisen nachgeformte Tannenzapfen – tiefer als die Abstellplatte des Küchenschrankes waren, auf der die Brotbüchse stand, so hieß es: »Die Uhr zieh auf, Alte!«

Den Kalender ließ sich Großvater von Zeit zu Zeit aus dem Tischkasten reichen, und auch das geschah im Befehlston. »Den Kalender!« Er sah nach, wie weit es bis zum Frühling war, und er krakeelte, als die Aussaatzeit des Hafers herankam, ohne daß jemand in den Nachkriegswirren Anstalten traf zu säen.

Die kleine Großmutter rackerte sich ab, denn bald hieß es: »Bett aufschütteln!« oder: »Kartoffeln ran!« Und manchmal aß Großvater einen Topf Pellkartoffeln aus, und manchmal aß er nur eine. Die Hauptsache, die Kartoffeln erschienen auf dem Deckbett, wenn er sie verlangte, und er ließ sich einen Knotenstock geben, mit dem er auf die Dielen stampfte, um seinen Befehlen bei Großmutter Nachdruck zu verleihen.

Bevor er bettlägerig wurde, hatte Großvater diesen Knotenstock nie benutzt, denn er war sein Leben lang steil und dabei beweglich, hatte fast volles Haar, das nicht einmal sehr grau war, bis er sich legte. Den Stock hatte Großvater wie manche seiner

Sachen auf einer Auktion erworben. Es war ein *Herrenstock* mit einer kleinen Silberplatte am Ende des waagerechten Knaufs. Großvater fühlte wohl, daß er sich lächerlich gemacht hätte, wenn er mit diesem Stock in den Wald und in die Pilze gegangen wäre. Wichtig war, daß er einen so *feinen* Stock zum *Vererben* besaß, vielleicht, daß einer seiner Enkel doch ein *Herr* werden sollte, und wenn das nicht eintreten würde, so sollte der Stock mir, als dem ältesten Enkel, gehören.

Dann kam der junge Mann, der Großvaters Navigationsgerät, die alte Uhr mit den gußeisernen Tannenzapfen, fortnehmen wollte. Es war ein junger Pole, den die Faschisten während des Krieges verschleppt hatten und der sich auf dem Rückweg in sein ausgeraubtes Heimatland befand. Er trat in Großvaters Stube, nahm vom kranken Greis kaum Notiz und suchte nach brauchbaren Gegenständen. Er steckte dies und das in die Taschen, und Großvater ließ es geschehen, aber dann griff der Jüngling nach der Uhr, und niemand weiß, woher Großvater die Kraft nahm, aus dem Bett zu fahren. Er schwang den Stock und ging auf den jungen Menschen los. Vielleicht wurde in diesem Augenblick die Vorstellung des jungen Mannes von Gespenstern zur Wirklichkeit; denn er flüchtete, obwohl er Großvater mit einer Armbewegung hätte umreißen können.

Großvater pochte auf die Dielen, bis Großmutter kam, die sich versteckt hatte, und Großvater prahlte sogar ein wenig: »An die Uhr wollt er, aber Schißchen, die brauch ich!«

Großvater machte sich ans Sterben wie an eine große Arbeit. Er starb wochen- und monatelang, lag Tag und Nacht auf der Lauer und schrie von Zeit zu Zeit: »Hähä, jetzt kommt er. Er will mir holen. Kahler Hund, du! Zeigen werd ich dir!« Großvater schwang den Stock gegen den Unsichtbaren, und die energischen Stockschwünge holten ihn wohl immer wieder ins Leben zurück. Er schrie und ächzte, daß es durchs ganze Haus hallte, und meine Mutter hielt sich nachts die Ohren zu. Tassen und Teller, Kannen und Schüsseln mußten aus der Nähe des Krankenlagers und vor Großvaters Stockhieben in Sicherheit gebracht werden.

Ich kam zu Besuch aus dem Thüringischen, wo ich arbeitete, und hörte schon im Hausflur Großvaters Sterbeflüche. Ich zögerte, zu ihm in die Sterbestube zu steigen. Ich kann leidenden Tieren, die stumm sind, helfen, kann sie sogar heilen, aber ich versage, wenn ich Menschen körperlich leiden sehe. Eine Lähmung befällt mich, nicht einmal Trostworte kann ich formen und kann nicht ergründen, wo dieses Versagen seinen Sitz hat, und manchmal meine ich, daß es schiere Feigheit ist, die mich da lähmt.

Die kleine geschundene Großmutter kam nur für einen Augenblick zu uns herunter in die Wohnstube, um etwas zu besprechen, da hörten wir oben nach teuflischen Großvaterflüchen ein dumpfes Fallgeräusch. Großvater hatte sich, um Großmutter für ihre Abwesenheit zu strafen, aus dem Bett fallen lassen.

Wir rannten treppauf. Großvater lag auf den Dielen, das Gesicht nach unten, und schrie und verfluchte die Großmutter – ein Totengerippe in blau-weiß gestreiftem Barchenthemd, kein Zoll Fleisch mehr an irgendeinem Glied, lag da, fluchte und fluchte.

Meine Lähmung setzte ein. Ich sah zu, wie mein Bruder den ehemaligen Großvater von den Dielen hob, doch als das Großvatergerippe wieder gebettet war, erkannte es mich: »Ich sterb hier, und du treibst dir rum, und ich hab dir gerettet, wie du kleene warst!«

Und das war wahr: Großvater hatte mich gesund gepflegt, als ich im Säuglingsalter eine Lungenentzündung hatte und die Mutter im Kindbettfieber lag, und er war nicht von meinem Bett gegangen, bis ich, sein erster Enkel, genas.

Nun schüttete Großvater seinen Zorn über mich aus, seine Enttäuschung, und er verkündete, daß ich seinen Knotenstock nicht haben sollte. Was sollte ein Herumtreiber mit einem Knotenstock? Den Knotenstock sollte mein Bruder haben, der schon Neubauer mit zwanzig Morgen Land war und nach Großvaters Vorstellung die meiste Aussicht hatte, ein *Herr* zu werden.

Ich stand da – keine Handbewegung, kein Wort.

Ich mußte wieder weiter, und ich sah Großvater nicht sterben, aber seine Flüche hörte ich Jahr für Jahr, wenn ich dasaß und an die Kindheit dachte, die poetisch war durch Großvater. Und eines Tages begann ich die Geschichten vom Großvater zu schreiben, und jede Geschichte war eine Abbitte für mein Versagen.

Meine arme Tante

Onkel und Tante waren Ausbauern, lebten seit der Erschaffung meiner Welt auf ihrem Hofe, und jedes Sandkorn dort kannte sie. Vorzeiten mochten die Kinder der Hofstelle aus der Erde gekrochen sein, doch Generationen von Heidbauern verfeinerten die Erdhöhle mit Gebälk und Gemäuer zu einem Gehöft.
Onkel und Tante beunruhigten ihre Äcker mit Pflügen und Hacken, reizten sie mit Tiermist zu Taten, und die Taten der Äcker waren Lein, Kartoffeln und Buchweizen. Onkel und Tante aßen Kartoffeln, brieten sich Kartoffeln und gequollenen Buchweizen in Leinöl und wurden wandelnder Sand von ihren Äckern.
Tante Maika war eine fromme Frau, doch ihr schwarzes Kopftuch konnte die roten Locken nicht bändigen. Onkel Liepe, hager und schwarz, eine geteerte Zaunsäule, rasierte sich sein Haar aus der niederen Stirn und legte Falten frei, die fortfliegenden Kranichen glichen.
Sie zeichneten ihre Arbeitsgeräte, um sie nicht zu verwechseln, und packte Onkel in der Eile doch den Rechen von Tante, warf er ihn weg, als ob er in Aussatz gegriffen hätte. Tante war eine taube Blüte, etwas Krankes für Onkel und den Sandhof.
Eine dritte Garnitur Handwerkszeug benutzten die wechselnden Mägde. Sie brachten Moritaten auf den Hof. »Ein kleines Kind, so zart, schon eine Waise ward, doch als es, klug genug, nach seinen Eltern frug . . .« Tante verbrauchte die Moritaten wie die Sandäcker den Dung.
Auf einem anderen Ausbauernhof wohnte der frauenlose Tischler, ein Stotterer. Sein Gesicht war aus Honig und Wachs; denn er war der Obertan von sechzig Bienenvölkern, mit denen er Zucker gegen Honig tauschte, und die Zeit, die er benötigte, das Wort *Biene* wohlgeformt über die Lippen zu bringen, reichte zum Ausschlüpfen einer Arbeitsbiene. Er fertigte Särge auf Vorrat für alte Heidbauern, die in Herbststürmen oder in lauen

Frühlingsnächten vergingen; Särge für junge Weiber, die im Kindbett blieben, oder für junge Männer, denen im Frühling die stallmutigen Pferde durchgingen. Die Särge lagerten im Bienenhaus, wo der Tischler in der Schwarmzeit schlief. Mich gruselte, wenn er sich morgens aus einem Sarg wälzte, doch er sagte: »Besser man gewöhnt sich beizeiten«, und er brauchte zehn Minuten dazu.

Wenn er Särge fürs Begräbnis herrichtete, stopfte er Hobelspäne unter die weißen Papierlaken. Alle Toten ruhten auf Hobelspänen; niemand bestellte für das Lager seines *teuren Toten* Bettfedern.

Sein Tintenfaß war verschwunden. Er riß das papierne Laken herunter, durchwühlte das Ruhelager von Lehmanns Paul, zog das Tintenfaß aus den Hobelspänen, blies seine Klarinettistenbacken auf und schrieb die Rechnung.

Klarinettist in der Dorfkapelle – das war sein dritter Beruf. Auf dem angespitzten Holzrohr mit den vernickelten Klappen blies er seine Gefühle flüssig in die beredte Welt.

Die Feste auf dem Ausbauernhof befahl das Land: Fastnacht, die Zeit, in der es sich zu neuen Taten bereit erklärte, und Kirmes, das Erntefest, wo es die Ergebnisse seiner Taten ablieferte.

Die Verwandten rollten sich in gewaschenen Ackerwagen über die Heide auf den Ausbauernhof, und der vorjährige Truthahn erschien nackt, buttergebräunt und rotkohlumkränzt auf der Tafel. Fünfzig Hühner hatten ihre Eier in die Suppen fallen lassen, und ein schlafender Schweinskopf fraß Petersilienstengel von einer blaugeblümten Porzellanplatte.

Es wurde gegessen, getrunken, gerülpst, gelobt, und der Onkel prahlte: »Wollt ihr noch ein bißchen gebratenes Bullchen?« Die Tante wand vor Scham ihre Schürze. »Liepe, das Bullchen ist doch verkauft!«

»Ham wir verkauft? Da seht ihr's, wir haben zuviel!«

Die Gäste zwinkerten einander zu, und der Onkel sagte: »Maika, tuk spieln!«

Die Tante holte ihr Taschentuch aus dem Schürzenlatz, wickelte eine Mundharmonika aus, setzte sie an die frommen Lippen und

entlockte den schwingenden Messingplättchen mit ihrem Atem das Lied vom *Guten Kameraden*. Zwischen den Tönen war viel Raum; jeder fand Zeit, sich zu entwickeln und auszuschwingen, während die Tante den nächsten suchte. Bei der zweiten Strophe sangen die Männer mit. Sie hatten sich mit *Cottbuser Korn* in Schwingungen gebracht, waren mit der Strophe früher fertig als die Tante und hatten noch Zeit, einen *Cottbuser* nachzugießen. Nur der Onkel tanzte mit der Magd durch die musiklosen Zeiten zwischen den Strophen: »Eine Kugel kam geflogen . . .«
Um Mitternacht holperten die Teile des Truthahns in verschiedene Richtungen über die Heide.
Die Butter der Kühe, die Eier der Hühner brachte Onkel mit dem Fuchswallach, die Hufe mit Stiefelwichse geschwärzt, ins Städtchen und prahlte dort vor den Frauen: »Wollt ihr Kirschen, wollt ihr Pflaumen? Holt euch, wir haben! Wollt ihr Birnen, wollt ihr Apfeln? Holt euch, holt euch, wir ham alles!«
Lose Stadtweiber erschienen auf dem Sandhof, und Onkel half ihnen auf die Bäume, half ihnen ins Heu.
Die Tante hatte keine Kinder, der Onkel hatte viele, jedes zweite Jahr eins von einer Magd, doch bevor es ankam, suchte er einen *Magdmann* gegen Entgelt, und die Magd wurde verheiratet. Onkels Vermehrungsdrang fraß auf, was der kleine Hof abwarf.
Niemand aus der Verwandtschaft sagte: »Die armen Mägde!« Alle sagten: »Die arme, arme Tante, wie sie es trägt, und wie sie es aushält!«
Der sonntägliche Kirchgang und der christliche Abreißkalender hielten das Herz der Tante in Demut: »Wo Glaube, da Liebe; wo Liebe, da Segen; wo Segen, da Gott; wo Gott, keine Not!«
Im Frühling kam eine neue Magd auf den Sandhof. Zur Zeit der Frühkirschenernte wollt ich sie mir ansehen. Es war Sonntag, eine Stunde vor dem Mittag. Die Schwalben würzten das Gesumm der Bienen mit Gezwitscher, und das Strohdach der Scheune ruhte auf dem Rücken brütender Spatzenweibchen. Ich sah die Magd nicht, doch beim Häckseltürchen stand der Onkel mit Hacheln im Haar und offener Hose, und die Kraniche auf

seiner Stirn verschwanden in der Ferne. Die Tante war in der Kirche, ich sollte ihr entgegengehn.
Unterwegs sprang ich beim Tischler zu, um ihm guten Sonntagmorgen zu wünschen. Er saß vor einem Sarg voll Hobelspänen und feierte Sonntag mit einem Klarinettenliedchen: »Schäfermädchen, Kuckuck, zeig mir deinen roten Rock! . . .« Auf seinem Schoß saß die Tante und begleitete ihn auf der Mundharmonika.

Zwei Männer auf einem Wagen

Der Wandel besteht, der Handel vergeht, und als der Pferdehandel nicht mehr lohnte, kaufte der versessene Pferdehändler Hartkien für das erübrigte Geld eine Obstplantage. Die Arbeit unter den Obstbäumen ging an, aber wenn die zwei Zentner Hartkien den reifen Kirschen zustrebten, krachten Leitersprossen und Äste, und er überließ das Obstpflücken seiner leichteren Frau.

Hartkiens Sache waren zwei, drei Pferde, die er sonntags aus alter Neigung verfeilschte, um neue zu kaufen. Wenn er den Duft eines Pferdes erschnupperte, mußte er hinterher, mußte das Pferd sehn und seinen Besitzer zum Verkauf oder zum Tausch überreden.

Schöne Pferde gingen durch Hartkiens Hände: Rotgemaserte Belgier mit kleinen Hügeln von Hinterteilen, Traber mit trockenen Beinen; Renner mit Funken in den Hufen, waschpulverweiße Schimmel mit blauer Apfelung und Vollblutstuten mit gleitendem Gazellengang und den Blicken arabischer Frauen.

Hartkien war mit seinem Leben unter den Obstbäumen zufrieden, doch das Leben nahm keine Rücksicht auf die Zufriedenheit eines unverbesserlichen Pferdehändlers, es mußte weiter, weiter – unbekannten Zielen zu.

Im Herbst starb Hartkiens Frau, seine billigste Gartenarbeiterin, und er blieb allein zu aller Arbeit, verkaufte zwei Pferde und bot seinen Kindern die Plantage an.

Einer seiner Söhne war Lehrer, der andere Ingenieur, die Töchter lebten mit ihren Männern in der Stadt. Alle wehrten ab: Sie wollten nicht wie die Urmenschen auf Bäumen umherklettern.

Hartkien schloß sich der Gärtnergenossenschaft an. In seinem Stall stand noch ein Pferd, eine Ponystute, die er behalten hatte, weil sie ihm im Laufe der Jahre fünf Fohlen gebracht hatte. Das Pony, eine Schimmelstute, konnte unter Hartkiens ausgestrecktem Arm hindurchlaufen, größer war sie nicht, und sie hatte einen kurzen, zackelnden Schritt. In der Genossenschaft gab's keine Verwendung für das Pferd. Hartkiens Pferdeliebe begann unrentabel zu werden.

Vorbei, vorbei – die schönen Pferdezeiten! Aus mit Kettenklirren und Pferdescharren im Stall! Hartkien verfaßte seufzend ein Inserat für die Kleingärtnerzeitung. Der Text versprach allen Interessenten ein Elitepony.

Ein Sonntagmorgen, ein Morgen im Mai. Hinter Hartkiens Haus wetteiferten Blüten und Düfte, und das Gesumm der sechsbeinigen Stempelbestäuber übertönte den Zehnuhrglokkenschlag vom Kirchturm. Ein dürrer Mann, dem zwanzig Zentimeter zu zwei Metern fehlten, betrat Hartkiens Hof. Der Mann hieß Haubenreißer, kam aus dem Mecklenburgischen und schien jener Sekte von Menschen zuzugehören, die sich beim Essen nicht setzen. Bevor er was sagte, wetzte er die Oberlippe, als müßte er die Worte auf einer Pikkolo-Mundharmonika herunterspielen. Er grüßte verhalten, sprach vom Wetter, von Zugverspätungen und sah sich im Vorgarten um. »Stand hier nicht ein Pferd in der Zeitung?« – Ja, hier stand ein Pferd in der Zeitung. Hartkien wurde eifrig und log, Haubenreißer wäre der zehnte Reflektant. Er wollte den Fremden zum Stall führen, doch der Fremde wetzte die Oberlippe: Er wollte das Pferd im Wagen sehen.

Während Hartkien im Stalle die Stute aufschirrte, bespuckte der Fremde den Hof, und während Hartkien den Schimmel einspannte, betrachtete Haubenreißer den brandenburgischen Himmel.

Hartkien legte ein Brett quer über den Wagenkasten, bedeckte es mit einem Sack und lud den Fremden zum Aufsitzen ein. Haubenreißer setzte sich und sah vom Käuferthron zum ersten Male das Pferd an. Das also sollte die Stute sein, diese gemästete weiße Maus? Viel zu massig, das Ding, am Hals zu massig, in den Hosen zu massig, zu fett in der Brust und am Rücken – überall nutzloses Winterfett.

Vom Stutenrücken stieg Ammoniakgas auf und mischte sich mit

Kirschblütenduft. Haubenreißer sperrte den Mund auf und nieste, und Hartkien fuhr im Arbeitstrab an. Der Wagen polterte durch ausgetrocknete Pfützen, und Hartkiens Genick zitterte im Rockkragen. Im Blumentopf seiner Faust steckte der gelbe Peitschenstengel und bog sich im Fahrtwind. Der pendelnde Peitschenriemen bedrohte das Pferd, und die Strangketten klirrten.

Nach fünfzig Metern mäßigte die Stute die Gangart und fiel in einen zockelnden Trab. Sie war zu fett, und Fett macht träg, und Harkien redete die Trägheit zur Tugend herauf: Bei Ponys käm's auf den Zockeltrab an. Eine Perle von Pony. Unbezahlbar das Pferd!

Haubenreißer starrte die Stute mit Blicken aus der gefiederten Reihe seiner Vorfahren, mit Habichtsblicken, an. Der zockelnde Trab gefiel ihm nicht, er wünschte das Pferd im Schritt gehn zu sehn, aber Hartkien wollte und wollt nicht verstehn. Da griff Haubenreißer selber in die Zügel, entwand Hartkien die Peitsche und warf sie in den Wagenkasten.

Jetzt ging die Stute im Schritt, und Haubenreißer verglich ihn mit dem einer Schimmelstute, die er daheim im Stall stehen hatte. Der Schritt war um zwanzig Zentimeter zu kurz.

Hartkien zerrte an seinem Hosenbund und wünschte sich Blikke, schärfer als Peitschenschläge, um das Pferd mit ihnen anzutreiben.

Die Zeit verrann, und es fielen Kirschblütenblätter in den Wagenkasten. Der Fremde schwieg, der Schritt der Stute wurde ohne Peitschenhilfe immer kürzer, und Hartkien versuchte den Käufer auf andere Weise abzulenken, exakt ausgedrückt, mit Suggestion: Erst müßte die Stute sich lösen, sagte er, und wer was von Pferden verstünde, der wisse das!

Der Fremde schwieg weiter, schwieg bis in die nervöse Oberlippe hinein, und Sonnenstrahlen züngelten durchs Laub, und an den Kirschbäumen sprangen neue Knospen auf, aber für die Pferdehändler hätten statt der Blütenbäume beschneite Rutenbesen in der Feldmark stehen dürfen.

Hartkien ließ die Lederleine auf den fetten Rücken der Stute

klatschen, um sie damit anzutreiben, und er sah den Fremden dabei von der Seite an, und der Fremde steckte sich eine Zwanziger-Zigarre an, und er lächelte fein und fragte: »Hat sie sich immer noch nicht gelöst?«
Hartkien spürte den Spott, doch er ließ ihn an seinen fleischigen Ohrlappen abrinnen, und er war sich fast sicher, daß er es mit einem Pferdemann zu tun hatte, aber er wollte es genau wissen und versuchte es mit einer neuen Flunkerei: Die Stute wäre rossig, sie buckele, zöge sich zusammen, sagte er, und wer was von Pferden verstünde, müsse das selber sehen!
Ein gesprenkelter Star strämmte seinen schillernden Kehlsack und pfiff, und der Wagen zerfuhr zwei Weinbergschnecken, und der Fremde schwieg. Er arbeitete an seiner Zukunft: Er sah sich mit einem weißen Zylinderhut auf dem Bock einer weißen Hochzeitskutsche sitzen. Die Kutsche besaß er noch nicht, aber sie würde schon kommen, wenn er diesen Schimmel hier als Zweitpferd und Passer sein eigen nennen würde. Er würde in seinem Heimatstädtchen Osterberg hochfeine Berliner Moden einführen: Haubenreißer mit zwei Schimmeln fährt dich in den Ehehimmel. Haubenreißer wird die Leute, die was von Vornehmheit verstehen, zur Trauung fahren, als wären sie holländische Königskinder. An die Peitsche wird er eine weiße, raschelnde Schleife binden, und die Schleife wird die Stute scheuchen. Wenn die Stute trotz der Schleife nicht traben sollte, wird er sie mit Gewinn verkaufen; denn sie ist gut in Futter und macht etwas her; es kommt nur drauf an, daß er sie billig zu kaufen kriegt, und das will er.
Weiße Wolken marschierten im Blau, und die Sonne posaunte, und Haubenreißer ließ Hartkien halten. Er stieg vom Wagen, war steif in den Gliedern, sah der Stute ins rosige Maul, hob den zerzausten Stutenschwanz an, bückte sich und schien wie durch ein Fernrohr durch die Stute hindurchzusehen und fragte: »Wo ist die rossig?« und stieg wieder auf.
Da wußte Hartkien, daß er es mit einem *Ausgewalkten* zu tun hatte, bereitete sich auf ein Duell vor und erhöhte den Stutenpreis in Gedanken um zweihundert Mark. Er duzte den Fremden

jetzt zunftgebräuchlich: »Hör mal her!« und »Ganz unter Brüdern«, und er verlangte dreitausend Mark.
Haubenreißer saß fakirstarr, sah in die Ferne, lauschte, ob noch was kommen würde, doch als Hartkien nichts mehr sagte, steckte er seinen Zeigefinger ins Ohr. »Hab ich dreitausend gehört?«
Die Lerchen trillerten, die Kirchenuhr schlug, und ein Bach kreuzte den Weg. Hartkien hielt auf der Brücke an und sagte, er würde ins Wasser springen, wenn ihn die Stute nicht selber dreitausend Mark gekostet hätte, und er gäbe sie nur zum Selbstkostenpreis ab, weil er auch die Gärtnerei habe weggeben müssen, aber er sprang nicht ins Wasser.
Ein hockender Dicker und ein steiler Dürrer spiegelten sich im zitternden Bachwasser, und das Wasser floß, und das Spiegelbild stand. Zwei der letzten Landpferdehändler auf einem Wagen und ein Stütchen, das sie im trägen Schritt mit sich fortzog. Ein Hecht schnellte aus dem Wasser und tauchte wieder. Die Pferdehändler sahen ihn nicht, und sie hätten ihn auch nicht gesehen, wenn er ein Seehund gewesen wäre.
Hinter der Brücke begann eine Straße aus runden Pflastersteinen. Die Männer wurden geschüttelt, und auch der Stutenpreis schüttelte sich zusammen. Er betrug jetzt zweitausend Mark. Hartkien sagte es seufzend, und er gäbe die Stute unter Selbstkostenpreis ab, weil er wüßte, daß sie es bei dem Fremden gut haben würde. Er hielt Haubenreißer die Hand zum Einschlagen hin, aber Haubenreißer sah auf die fleischige Hand und sagte, in so eine Wuchererhand würde er am liebsten hineinspucken.
Hartkien hörte nicht drauf, was der Dürre sagte; er hatte mit dessen Einverständnis noch nicht gerechnet. Er sah sich sonntags daheim in der Stube vor einem Fernsehgerät sitzen: Fuchsjagd im Fernsehn, Reiten im Fernsehn, Turnier- und Dressurreiten – Hartkien würd's mit den Augen betreiben, wenn er kein Pferd mehr hätte, aber der Fernsehapparat war noch nicht da, den wollte er an der Stute verdienen, aber der Handel ging zu langsam vorwärts. Nie hatte es ihn soviel Zeit gekostet, ein Pferd zu verschachern.

Er wurde wehmütig, wenn er an die Zeit dachte. Was kam, wenn seine Zeit verbraucht sein würde? Die Ewigkeit? Hartkien stellte sie sich wie einen großen Kessel vor, aus dem sich der Mensch eine Kelle voll Zeit schöpfte, bevor er auf die Erdenreise ging. Die Frage war für Hartkien, ob ihm je wieder erlaubt werden würde, aus diesem Kessel zu schöpfen. Was war ihm, dem alten Pferdehändler, eingefallen, als er sich verleiten ließ, sich mit diesem ausgepichten Käufer auf einen Wagen zu setzen, um ihn spazierenzufahren? Weshalb handelte er nicht daheim auf dem Hofe, zu ebener Erde? Da konnte man den Käufer, wenn einem nicht paßte, was er bot, stehenlassen und um die Ecke gehn, um von dort aus zu schielen, was der für ein Gesicht machen würde.

Rechts und links der Straße waren tiefe Gräben. Es stand kein Wasser in ihnen, und das Gras an ihren Rändern war weich, und der Maiwind strich drüber hin, und das Gras zitterte. Unter den Rädern waren immer noch Steine, graue, blaue und gesprenkelte Steine, und Hartkien schien's, als ob sie immer buckeliger würden, und die buckeligen Steine brachten ihn auf einen Einfall: Er rieb sich den Bauch, er beschimpfte die holperige Urahnenstraße, und er sagte, sein Herz hielte das nicht aus. Er rieb sich die Brust, und er hielt das Pferd an und tat, als ob ihm schlecht würde. Er beugte sich vor und ließ sich geduckt vom Wagen gleiten, aber in diesem Augenblick zog die Stute an und zerrte zum Grabengras hin. Die Gesetze der Physik griffen ein, und die zwei Zentner Hartkien gerieten in Schwung, der Graben lag lauernd am Wege, und Hartkien überschlug sich zweimal. Er kam in ein Kleefeld zu liegen, und die Zitronenfalter fluckten beleidigt davon, und Hartkien verdrehte die Augen, als sähe er die Hölle. Aber selbst der Anblick der Hölle machte den eingefleischten Händler nicht vergessen, worum es ging: »Tausendneunhundert!« stöhnte er.

Haubenreißer, der mit der Hochzeitskutsche unterwegs gewesen war, als Hartkien vom Wagen rollte, brachte das Pferd zum Stehen, sprang in den Graben. Er riß dem Dicken die Weste auf, daß die Perlmuttknöpfe in den Klee sprangen, und massierte ihm

die Brust. Hartkien schloß die Augen und ächzte: »Tausendachthundert, weil du es bist!«
Haubenreißer massierte und sagte: »Tausenddreihundert und keinen Pfennig!«
Hartkien wurde es schwarz vor den Augen, aber er war gleich wieder da und rechnete: Tausenddreihundert – da würde sein Profit an der Stute nur für ein altes Fernsehgerät reichen. »Gauner!« schrie er, und Haubenreißer hörte beleidigt auf zu massieren. Jetzt wurde es ganz dunkel um Hartkien. Er riß die Augen auf, und es blieb dunkel. Angst packte ihn: Die Ewigkeit war kein Kessel, sie war ein Loch. Er mußte viel Kraft dransetzen, nicht in dieses Loch zu stürzen, bis ihm, Gott sei Dank, der Handel einfiel. Er mußte handeln, das war es, und er schrie: »Tausendfünfhundert!« und spuckte aus. Er spuckte die Angst aus, doch die Angst vermehrte sich in ihm. Nahm der Tod übel, daß er ihn hatte für ein Spielchen mißbrauchen wollen, um den Handel zu fördern? Hartkien streckte Haubenreißer die Hand hin, er fühlte sich so allein in der Finsternis.
Haubenreißer wollte die Hand nicht ergreifen. »Lieg still!« Aber dann sah Haubenreißer, wie die Hand zitterte und nach einem Widerdruck gierte, und er ergriff sie. Die Hand war kalt, und es war Schweiß auf ihrem Rücken, und Haubenreißer bekam Furcht und rannte um Hilfe ins Dorf. Er polterte über die Bachbrücke, und das Wasser bekam keine Zeit, den rennenden Pferdehändler zu spiegeln, aber als Haubenreißer die Brücke hinter sich hatte, hörte er's gräßlich verzerrt wie aus dem Jenseits rufen: »Tausendfünfhundert – Handschlag – gekauft!«
Haubenreißer war wütend, daß er beim Pferdehandel noch etwas hatte lernen müssen. Er pflasterte den Rückweg mit Flüchen, und als er sich Hartkien näherte, beschimpfte er ihn mit Wörtern, die in keinem Lexikon stehen.
Hartkien rührte sich nicht, und Haubenreißer setzte sich auf den Wagen. Die Stute scharrte, es summte im Klee, und die Zeit verging.
Haubenreißer hatte genug von dem Schauspiel. »Mach deine

Faxen, mit wem du willst!« Er griff in die Zügel. Die Stute zog an und war flink wie den ganzen Morgen nicht. In der Ferne wieherte ein Pferd. Die Stute wieherte zurück. Kein Muskel zuckte in Hartkiens Gesicht. Haubenreißer wurde unsicher, hielt an und pflückte eine Honiggrasrispe. Er hielt Hartkien die Rispe unter die Nase. Kein Knötchen bewegte sich. Haubenreißer war's, als führe ein eisiger Wind durchs Gras, aber es war nur das Summen der Bienen im Klee. Er nahm seinen Hut ab. Sein Haar schimmerte silbergrau in der Sonne. Bevor er nach der Sitte den Kopf senkte, sah er sich um. Es war niemand in der Nähe, auf den die Ehrerbietung vor dem Tode hätte Eindruck machen können. Er warf den Hut auf die Erde und trampelte drauf.

Am Begräbnistage ging Haubenreißer, einigermaßen gebeugt, hinter dem Sarg her. Von Zeit zu Zeit verwandelte sich der schwarze Leichenwagen für ihn in eine weiße Hochzeitskutsche. Er mußte achtgeben, daß er sich nicht straffte und den Kopf stolz hob, als ob er bereits auf dem Kutschbock säße und unsichtbare Kinder zum Standesamt führe. Erst als der Grabhügel aufgeworfen wurde, war er sich seiner Stute sicher.

Er mischte sich unter die Erben. Die Kinder befragten ihn, wie es mit dem Vater zu Ende gegangen wäre. Haubenreißer gab zögernd Auskunft: Ein Ehrenmann wäre der Vater gewesen, ein Mann, der zu seinem Wort gestanden habe.

Die Kinder nickten nicht, wie es sich gehört hätte, doch sie schüttelten auch nicht die Köpfe. Der älteste Sohn, der Lehrer, fragte, so, als ob er es aufschreiben wollte: »Bitte genauer! Sein letztes Wort?«

Haubenreißer, gekrümmt vor Trauer: »Sein letztes Wort galt der Stute – leider.«

»Ach ja, die Stute, freilich, die Stute!« Die Kinder nickten einander beziehungsvoll zu. »Die Stute – was war da sein letzter Wille?«

Haubenreißer wand und wand sich, sagte, als ob es ihm peinlich wäre: »Eintausend Mark – war sein letztes Wort.«

Die Stute war das einzige Weiß zwischen den schwarzverkleideten Menschen, als Haubenreißer sie zum Tor hinausführte, und die Trauergäste sahen ihr nach, bis ihr Schweif wie eine Fahne, die jemand einzieht, zwischen den Bäumen verschwand.

Nebel

Als der Schornsteinfeger den Kamin der Wirtshausküche verlassen hatte, kroch, noch ehe sich die tanzenden Rußflocken gesetzt hatten, Fleischermeister Boll hinein. Der Schornsteinfeger hatte Boll sein Mundtuch angeboten, doch Boll hatte es abgelehnt und hatte sich sein rotgewürfeltes Fleischertaschentuch wie einen Knebel in den Mund gesteckt. Boll kroch in einer grünen Lodenjoppe, unter der er die gestreifte Fleischerjacke trug. Das gehörte zu den Bedingungen. Leichte Wetten reizten Boll nicht. Er hatte die langschäftigen Stiefel ausgezogen, aber die weißen Schafwollsocken hatte er anbehalten; denn der rechte Schafwollsocken mußte ihm helfen, seinen Klumpfuß vor den neugierigen Blicken seiner Saufkumpane zu verstecken.

Als das dicke Hinterteil des Fleischers im Kamin verschwunden war, schloß der Gastwirt die Tür des Einstiegs und rannte mit den anderen nach draußen.

Es war ein träger Spätherbstnachmittag, die Sonne stand schräg, und die Saufbrüder mußten ihre Augen mit den Händen beschatten, um das Ende der Feueresse auf dem Hausdach beobachten zu können. Dort oben mußte Boll erscheinen, wenn er die Wette gewinnen wollte.

Als nach zehn Minuten am Schornsteinrand nur schwarze Rußwolken walmten und immer noch kein Fleischermeister Boll erschien, rannten einige Zechkumpane in die Wirtshausküche zurück und öffneten die Einstiegtür. Ruß wirbelte ihnen in die Gesichter, und sie sahen nichts, aber sie hörten, wie sich Boll in die Höhe schuftete. Da rannten sie wieder hinaus, um das Schauspiel, das sich ihnen auf dem Dache bieten sollte, nicht zu versäumen.

Endlich erschien Boll auf dem Sims der Esse, und das einzige, was noch rein und weiß an ihm war, waren seine Augäpfel, und er rollte sie, setzte sich auf den Rand der Esse, ließ die Füße mit den ehemals weißen Schafwollsocken aufs Dach hinunter baumeln, nahm einen Hieb aus einer Taschenflasche und prahlte auf den Schornsteinfeger nieder: Endlich habe er erfahren, wie leicht gewisse Leute ihr Geld verdienten und sogar Staatsangestellte würden.

Die Kumpane radauten und ließen Boll hochleben. Vorübergehende Dorfleute blieben stehn und versäumten nicht, sich den Fleischermeister als Kaminfeger anzusehn. Am Abend würden sie daheim in ihren Stuben die sein, die das neueste Kunststück von Boll erzählen konnten.

Boll wohnte drei Dörfer weiter, aber die Leute in seinem Heimatdorf kamen nicht in den Genuß seiner *Kunststücke*, dafür sorgten sein Weib und seine Verwandten. Die Bolls hielten sich für ehrsame Handwerksleute, denn die Dorffleischerei lag bereits in den Händen der dritten Generation. Die vierte Generation, die eigentlich an der Reihe war, befand sich noch in der Gefangenschaft, in die sie beim letzten Krieg geraten war. Alt-Fleischermeister Bernhard Boll hatten seine übereinandergewachsenen Zehen dem Kriege entzogen, und der Klumpfuß war sein Glück.

Boll verschönte sich die Wege durch die mageren Kriegszeiten: Weizen, Wolle, Weiber und Wetten – alles war für Wurst zu haben: Eine Kuh wurde mit Möhren auf den Schanktisch der Gastwirtschaft in Mulmendorf gelockt und gemolken: Ein Schnittglas Milch als Gegenmittel für Alkoholvergiftungen – zehn Mark. Die Wette und die Kasse gewann Boll.

Wettreiten auf einem Eber in der Dorfaue von Ziltendorf. Wer hält's am längsten auf einem Schweinerücken aus? Diese Wette verlor Boll, weil er sich mit seinem Klumpfuß nicht recht klammern konnte.

Wettfliegen von Hähnen, denen man die Köpfe abgehackt hatte. Wer hält einen lebenden Vierpfundaal am längsten mit ausgestrecktem Arm? So und ähnlich sahen die Wetten aus, die Boll erheckte.

Die Kaminwette hatte er jedenfalls gewonnen, obwohl sein Abstieg in die Wirtshausküche mehr ein Rutschen, Rumpeln und

Plumpsen gewesen war. Der Schornsteinfeger, der aus Gründen der *Sicherheit* geblieben war, ging beleidigt davon.
Die Saufkumpane zechten noch lange und feierten die glückliche Kaminfahrt Bolls, und als alle schwarz und rußig waren, weil Boll nicht versäumt hatte, sie im Laufe des Abends brüderlich zu umarmen, wurde man müde. Boll verlangte nach einem Mietauto aus der Kreisstadt. Es wurde telefoniert und gewartet, aber es fuhr kein Auto vor. Der Mietautofahrer wollte mit dem Fleischer nichts mehr zu tun haben, weil ihn Boll vor Wochen dazu mißbraucht hatte, mitten in der Nacht nichts als die lederne Fleischermütze heimzufahren, da ihr Träger sich ermuntert hatte und weitertrinken wollte.
Die Mietdroschke kam also nicht, und Boll beschloß, den Nachtzug der Kleinbahn zu benutzen. Die Geleise der Kleinbahn streiften den Dorfrand, doch es gab keinen Bahnhof an dem Ort, in dem Boll seine Kaminfahrt glücklich hinter sich gebracht hatte. Es gab aber einen unbeschrankten Bahnübergang, den die Züge langsam mit Geklingel und Gepfeife überquerten. An dieser Stelle war es Boll früher schon einige Male gelungen, die Lokomotive mit einem Geldschein in der erhobenen Hand anzuhalten.
Die Zechbrüder zogen die Köpfe ein, als Boll seine Absicht äußerte. Man warnte. Es seien neue Zeiten, nicht mehr gemütlich wie früher, neue Leute, keine verläßlichen Beamten mehr, nur Angestellte bei der Eisenbahn. Einer der Saufkumpane wollte sogar den Lokomotivführer kennen, der den Nachtzug fuhr, einen scharfen Genossen, der sich an Bolls Geldschein nicht kehren würde.
Aber Boll war für Warnungen nicht zu erreichen: Was hieß hier neue Zeiten? Für Geld wäre zu jeder Zeit alles zu haben, sogar Priester- und Pastorenseelen, behauptete er und verzankte sich mit den Kumpanen, nannte sie »Angsthasen« und »Jammerlappen« und war pünktlich und halb betrunken um die elfte Nachtstunde am unbeschrankten Bahnübergang in der Feldmark des Dorfes. Er sah die Lichter der Lokomotive wie Glühwürmer im linden Nebel auftauchen, stand zwischen den Schienen und

fuchtelte mit einem Fünfzigmarkschein. Die Glühwürmer wuchsen. Boll wurde unsicher, zog einen zweiten Fünfziger und winkte mit beiden wie ein signalisierender Matrose und schrie: »Boll hier, Fleischermeister Boll, hier!«

Als er die Bremsen knirschen hörte, war er sich seiner Sache und der gewonnenen Wette sicher und prahlte: »Ich hab's euch gesagt, ihr Jammerlappen, Geld regiert . . .«, und die Maschine packte ihn wie ein eiserner Hengst und schlug ihn nieder, und das Zugpersonal zog den zertrümmerten Fleischermeister hinter dem dritten Waggon von den Schienen.

Es war ein grauer Novembertag, und die Zechkumpane Bolls hatten sich versteckt, denn es fühlte sich keiner außer Schuld. Und der oder jener berief sich darauf, daß er Boll gewarnt habe, und einer behauptete, Boll habe die Wette von Rechts wegen verloren, denn es wäre gekommen, wie er vorausgesagt hätte: eine Zeit, in der Lokomotivführer Geld ausschlügen wie früher die Pfarrer ein Teufelsgeschenk. Aber andere hielten ihm entgegen, daß der Lokomotivführer doch erwiesenermaßen gebremst hätte, und als einige Zeit vergangen war, wurde immer häufiger davon gesprochen, daß der Nebel am Tode Fleischermeister Bolls schuld gewesen wäre – ganz allgemein – der Nebel.

Die Katze und der Mann

Das ist die Geschichte von einer zehn Zentimeter langen Katze, die in das Leben eines sechzehnmal längeren Mannes eingriff: Der Mann hieß Hardel, war ein verwitweter, noch rüstiger Rentner, lahmte auf dem linken Bein, zog sich damit von Kind an den Spott unvernünftiger Zeitgenossen zu und war aus diesem Grunde mißtrauisch, auch gegen Menschen, die sich ihm mit freundlichen Absichten näherten.

Glückspunkte in seinem Leben waren, nach dem Tode seiner Frau, die Tochter und ein Gärtchen vor der Stadt. Zum Gärtchen eilte er nach der Schicht, als er noch in einer Fabrik arbeitete, und er legte seine kleinmenschliche Schöpferkraft in diesen Erdflikken. Die Gartenlaube baute er nach und nach zu einem Fachwerkhäuschen aus, bezog es und sparte die Miete für die Stadtwohnung. So wohnte er am Stadtrand und ein wenig am Rande der Ereignisse. Er hoffte, das Kleinhaus würde auch das künftige Familiennest seiner Tochter werden – leider. Es kam ein Mann, der sie nahm und beherrschte, und die Tochter verschmähte das Kleinhaus.

Eine Zeitlang ging Hardel bekümmert umher. Die Glücksperlen seines Alltags waren verblichen. Aber kein Mensch kann so leben. Der Mensch braucht Hoffnung. Hardel begann zu hoffen, sein Enkel, der Gras, Blumen, Bäume, Hütten und Unterschlupfe liebte, wie viele Kinder, würde ihm einst für das Häuschen danken und den Großvater für der Vorsorge über das Grab hinaus loben.

Er hütete den kleinen Besitz mit Altmänner-Wunderlichkeit. Bröckelte aus den Mauerfugen der Mörtel, so vernarbte er die Schründe mit Speis, strich die Steine im Frühling rot und zog die Fugen mit Schlämmkreidenbrei nach.

Wenn Vorübergehende das schmucke Häuschen lobten, war das für Hardel vorläufig, und, wie er glaubte, bis der Enkel reif sein würde, die einzige Anerkennung seiner Arbeit, und das tat ihm einen Augenblick lang gut, aber dann stürzte er sich wieder verbissen in den Kleinkrieg mit den Wettern, die mit den Mäusen und den Holzwürmern um die Wette am Häuschen nagten; besonders die hereingewanderten Feldmäuse vergällten ihm oft die Wintertage.

So kam's, daß er zum Winter hin in einer Vorstadtstraße eine Katze auflas. Sie war nicht ausgewachsen, ließ den kahlen Schwanz hängen, hatte verklebte Augen, und ihr Fell war wie von Motten zerfressen – eine Herbstkatze, ein Kümmerling.

Sie fraß sich an Hardels Mittagsmahlresten heraus, doch ihr Kopf blieb außergewöhnlich klein, und ihr Maul unter der platten Nase schien, wie der Mund bornierter Menschen, mit einem ewigen Lächeln behaftet zu sein. Sonst war das Katzending schwarz bis auf die Krallenbehälter an den Pfoten, die waren weiß – alle vier. Die vier Weißpfoten unterstrichen die Katzenkümmerlichkeit – das kleinköpfige Tier ging barfuß.

Sie lebten mehr neben- als miteinander, der knurrige Rentner und die artgemäß auf sich bezogene Katze. Der Mann belauerte das Tier; das Tier belauerte den Mann. Hardel schickte die Katze nicht fort, als er gewahr wurde, daß sie Mäuse am sichersten vernichtete, wenn er sie ihr in der Klappfalle fing. Ein Mausweibchen setzte seine Jungen in den wenig benutzten Einkaufskorb. Nichtsahnend nahm Hardel den Korb. Im Vorstadtkonsumladen sprangen die Jungmäuse der Verkäuferin gegen den weißen Kittel. Großes Geschrei. Hardel nahm auch das hin, ohne die Katze geringer zu schätzen.

Der Winter verging. Die Maizeit kam. Der Mehlsuppenteller unter der Ofenbank blieb zwei Tage unangerührt. Am dritten Abend kam die Katze zurück. Sie war mager, ein verkohltes Brett, und schien Geschwüre unterm Bauch zu haben. Aber als Hardel sie hochnahm, gewahrte er, daß es sich um ein armseliges Gesäuge handelte.

»Hast du gelammt?« Hardel betonte jede Silbe, als ob er mit einer Ausländerin spräche. Seine lauten Worte trafen auf den Perpendikel der alten Wanduhr. Er schien für einen Augenblick langsamer zu pendeln.

Hardel hinkte ums Haus, durchsuchte den Holzstall und das Kaninchenheu auf dem Stallboden, durchstöberte den Garten, sah unter den Hecken nach und vergaß auch den Brunnenschacht nicht.
Die Katze leckte sich die Mehlsuppenreste vom Bart, schlüpfte in den Hof und belauerte den suchenden Mann. Hardel fühlte sich gekränkt: Seine Katze verbarg ihm etwas. Hatte er Mißtrauen verdient?
Er riß ein liniertes Blatt aus einem Oktavheft, und während er noch ächzend Druckbuchstaben formte, sprang die Katze aus dem Spalierapfelbaum gegen die Giebelwand und erklomm das offenstehende Bodenfensterchen.
Hardel heftete den Zettel mit Blaukuppen an die Latten der Gartenpforte: *Katze Jungen verschleppt. Finder hier melden! Der Eigentümer.*
Die Bewohner der Laubenkolonie lasen und lächelten.
Als die Apfelbäume verblüht waren und der Löwenzahn seine Samenbällchen in den Mittmaiwind hielt, vernahm Hardel von unter der Bodentreppe her Katzenquieken. In der dunkelsten Ecke des Treppenwinkels lagen drei Jungkatzen. Sie krochen spreizbeinig auf den verstaubten Dielen umher.
Freude glomm in Hardel auf: Seine Katze zog ihn also ins Vertrauen, und das war kein geringes Erlebnis in seiner Einsamkeit.
Aber der Altkatze ging's nicht drum, ihre Nachzucht bewundern zu lassen. Ihr dürftiges Gesäuge gab nicht mehr genug Milch für die wachsenden Jungen her. Sie waren im Bodenversteck unruhig umhergekrabbelt, und die beunruhigte Mutter hatte sie dorthin geschleppt, wo sie ihre Nahrung fand, in die Nähe der Küche.
Als Hardel seine drei neuen Hausgenossinnen betastete, kam die Altkatze zurück. Sie sah die knotigen Mannshände im neu eingerichteten Nest, wurde mißtrauisch und packte ein Junges, um es davonzuschleifen. Hardel griff zu und mischte sich in das Katzenleben.
In der Holzluke unterm Küchenherd richtete er im Einkaufs-

korb ein zivilisiertes Katzennest her, und er hielt die Küchentür verschlossen, bis die Altkatze es angenommen hatte.

Das Katzenleben unter dem Herd erheiterte Hardel. Er war zufrieden und sang sogar ein verstaubtes Liedchen.

Beim Schlafengehen, als er sich in der Bodenstube in seine speckige Steppdecke wickelte, hörte er hinter der Dachschräge über seinem Lager dünnes Jungkatzenfiepen. Zwirnsfadendünne Schreie drangen aus dem Hohlraum zwischen Dachsparren und Deckenbelag.

Voll Mißtrauen gegen die Katze stieg Hardel hemdig in die Küche hinunter. Alle drei Jungkatzen lagen schlafend im Korb.

Hardel legte sich wieder. Er war wohl ganz verrückt mit seinen Katzen und hatte das Wimmern im Erstschlaf erträumt, wie? Er lachte laut über sich selber, und es klang irr, wie der alte Mann da in der Maimondnacht im leeren Hause lachte. Aber da tauchte das Katzenwimmern wieder auf, erst leise, dann lauter.

Hardel kletterte in den Firstraum über der Bodenstube und leuchtete mit einer Taschenlampe in den toten Winkel zwischen Sparrenraum und Stubenaußenwand. Der Lampenstrahl drang nicht bis auf den Grund, und Hardel fuhr mit dem rechten Arm in die Höhlung, und obwohl er ihn bis an die Achsel hineinsteckte, erreichte er den Grund des Spaltes nicht. Da ließ er eine Latte hinunter. Sie verschwand auf zwei Armlängen im Sparrenraum, ehe sie auf Grund stieß. Hardel glaubte das leise Tasten von Krallen am Holz zu spüren, fühlte wie ein Angler, wenn der Fisch anbeißt, aber als er die Latte vorsichtig herauszog, hing kein Kätzchen dran.

Er stieg zur Küche hinunter, packte die Mutterkatze, nannte sie »kleinköpfiges Rabenvieh«, schalt sie ob ihrer Vergeßlichkeit, schleppte sie in den Firstraum und setzte sie an den Rand der Dachschräge.

Die Katzenmutter spitzte die Ohren, doch sie kroch nicht in die finstere Schräge. Da ergriff Hardel sie beim Genick und zwang sie in den Spalt hinein, doch als er sie losließ, krallte sie sich aus der Höhlung und erschien wieder am oberen Rand der Luke.

Die Stube war von unsicherem Mondlicht erhellt. Hardel stand ratlos und fühlte sich matt. Er hatte sich im Firstraum müde gearbeitet und gierte nach Schlaf. Vom Katzenwimmern war nichts mehr zu hören. Vielleicht zeigte sich nach gelungener Nachtruhe eine Möglichkeit, die Katze zu retten. Er legte sich, atmete tief und schlief ein.

Zur halben Nacht erwachte er, denn die Katze wimmerte wieder. Er erhob sich, um das Gekreisch nicht gerade über seinem Kopfe zu haben, und pantoffelte in der Stube umher. Schüchtern kam ihm der Gedanke, das Dach abzudecken. Aber sollten ihn die Nachbarn für verrückt halten?

Wieder warf er sich aufs Bett und suchte an schlimmere Augenblicke seines Lebens zu denken:

Im *großen Kriege* hatte man ihn seines Gehfehlers wegen nicht an die Front geholt. Er wäre Soldat der Heimatfront, sagte man ihm, und er nahm's ein wenig schmunzelnd hin.

Er bediente in einer Zellwollfabrik zwei jener großen Rührmaschinen, in denen aus Zellstoff, Schwefelkohlenstoff und Ätznatronlauge der honiggelbe Brei hergestellt wurde, den man Viskose nennt. Er arbeitete zwölf Stunden täglich und wußte nicht mehr, wie Sonntage aussahen. Es ging heiß her an der *Heimatfront*. Bei jedem Fehler, der einem Arbeiter unterlief, lag's in der Hand der Oberaufseher, ihn für einen Sabotageakt auszulegen.

Hardel hatte der Sozialdemokratischen Partei angehört. Das stand in seinen Papieren, er war belastet, ihm durfte kein Fehler unterlaufen. In einer Nachtschicht mußte er die Maschinen eines erkrankten Kollegen mit bedienen. Er hinkte kontrollierend zwischen vier Maschinen hin und her, und da geschah's, daß er in einer Rührmaschine die Ätznatronlauge auf den Zellstoff gab, ohne ihn vorher mit Schwefelkohlenstoff geröstet und zersetzt zu haben. Statt seimiger Viskose brodelte in seiner Maschine eine weiße, klumpige Masse.

Als Hardel sein Versehen gewahrte, befiel ihn Furcht. Er meldete sich, bevor entdeckt wurde, was er unabsichtlich verdorben hatte, bei seinem Schichtführer krank und eilte in sein Häuschen. Er wollte nicht verhaftet werden, ohne seiner Tochter Lebewohl gesagt zu haben.

Er lauerte die Nacht lang hier in der Stube, im selben Bett wie jetzt liegend, seiner Verhaftung entgegen. Eine schlimme, schlimme Nacht!

Als der Morgen kam, pochte es bei der Haustür. Er verabschiedete sich bleich und zitternd von seiner Tochter und öffnete:

Ein Mann der Werkspolizei, ein SS-Mann, stand draußen. Hardel erwiderte den Hitlergruß, um den er sich sonst als alter Sozialdemokrat gedrückt hatte. Er schlug sogar ungeschickt die Hacken zusammen.

Der Uniformierte fingerte etwas aus einer Ledertasche an seinem Koppel. Die Pistole, hatte Hardel gedacht und hatte ergeben zu Boden gesehen. Was der Werkspolizist jedoch aus seiner Tasche zog, war ein Brief vom Schichtleiter, dem Hardels Versehen nicht entgangen war, der jedoch fürchtete, unter dem Vorwand verletzter Aufsichtspflicht, mit in die Sache hineingezogen zu werden.

»Alles in Ordnung. Kannst arbeiten kommen, wenn du nicht zu krank bist«, stand in dem Brief. Hardel wußte die Worte noch jetzt nach zwanzig Jahren auswendig. Der Schichtführer hatte den verfahrenen Inhalt der Rührmaschine heimlich in den Abfall gedrückt.

Dann schlief Hardel doch ein, schlief bis in den halben Vormittag und fuhr hastig auf, weil das Kleinvieh noch nicht versorgt war. Er fütterte die Ziege, die Hühner, die Kaninchen, und an das Katzenereignis in der Nacht dachte er zunächst nicht, doch als er beim Frühstück saß, klopfte es, und ein Junge aus der Nachbarschaft trat ein.

Das erste, woran Hardel dachte, als er den Jungen sah, war, daß sein Enkel so groß sein müßte wie dieses Nachbarkind, und es rührte sich etwas wie Zärtlichkeit in ihm. Aber der Junge war aufgeregt, stotterte und forderte den Alten auf, mit ihm auf die Straße zu gehen und zu hören, Hardels Katze müsse sich unterm Dach verklemmt haben.

Hardel hieb mit der Faust auf den Küchentisch und fluchte halblaut: »Satansbraten, verpfuschte Kreatur!«, und es war

schwer zu erkennen, daß sich sein Geschimpf auf die Altkatze bezog. Der Junge erschrak jedenfalls, schlug betroffen die Tür zu und rannte davon.
Nun war schon die Nachbarschaft alarmiert. »Genug mit der Katzenduselei«, zischte Hardel, kletterte in den Firstraum, lauschte, hörte das Wimmern, nahm die Latte und stieß sie bei geschlossenen Augen mehrmals in die Dachsparrenhöhlung. Das Wimmern verstummte. Hardel zog das Vierkantholz aus der Höhlung und warf es ins Bodendunkel. Das Dunkel antwortete mit Gepolter.
Humanität – er hatte in Zeitungen darüber gelesen. Was war humaner: zuhören, wie die Jungkatze langsam, langsam starb, oder ihr die Todesqualen abkürzen? Er fand keine Antwort. Was konnten seine Gedanken jetzt zu seiner Beruhigung produzieren – die Erinnerung an den Tag, an dem er seinen Enkel zum Fröschefangen abholen ging?
Er ging selten in die Wohnung der Tochter, weil er sich für den Schwiegersohn keine Freundlichkeit abgewinnen konnte. Er klopfte nie an, sondern rüttelte an der Klinke der Wohnungstür, bis ihm aufgetan wurde. Bei Kindern klopft man nicht an, war seine Meinung.
Hardel hatte in seinem Garten ein kleines Terrarium für den Enkel eingerichtet und wollte mit dem Jungen Frösche fangen gehen. Er rüttelte an der Wohnungstür, doch sie war unverschlossen und tat sich auf. Lärmend schleifte er sein lahmes Bein durch die Zimmer: Unverschlossene Schubfächer, unabgewaschenes Geschirr in der Küche, Fliegen, die sich an Kuchenkrümeln letzten, Unordentlichkeit überall, und unter einer halb gefüllten Kaffeetasse lag ein Zettel: »Wir sind fort. Man kann hier nicht leben.« Kein Gruß, keine Unterschrift. Man kann *hier* nicht leben. Hardel war beleidigt. *Hier* lebte er. *Hier* stand sein Häuschen. *Hier* sorgte er für den Enkel.
Und als Hardel an den Enkel dachte, setzte er sich aufs Kinderbett und weinte. Er weinte, als ob Kummerblasen aus seiner Brust aufstiegen und an der Mundöffnung glucksend zerplatzten.

Sein Trost war, daß den Zettel weder sein Enkel noch seine Tochter geschrieben hatten.
Hardel wurde damals in die Kaderabteilung seines Betriebes bestellt. Man befragte ihn ungeschickt, und Hardel glaubte den Verdacht herauszuhören, daß er die Landsflucht seines Schwiegersohnes begünstigt hätte. Er wies das wütend zurück. »Niemals!« Hätte er sonst den Enkel zum Fröschefangen abholen wollen?
Er durfte gehn, aber er hatte das Gefühl, daß man ihm nicht recht glaubte. Dieses Mißtrauen, das er sich in seiner Altmannsstarrheit vielleicht nur einbildete, machte ihn krank und unzurechnungsfähig. Er kündigte, verließ den Betrieb und lebte fortan von seiner Rente.
Und wie Hardel so lag und sich zerdachte, hörte er etwas, erhob sich mit einem Ruck, und sein lahmes Bein versagte. Er packte seinen Gehstock, richtete sich an ihm auf und lauschte: Das Katzenwimmern war wieder da, kläglich und leise.
Hardel biß sich in den Kleinfinger. Ein weinerliches Kleinkinderlächeln zupfte an seinen Lippen und entblößte die Zahnlükken. Er hatte nicht getötet. Das Katzenwimmern hinter der Dachschräge war ein *Vivat* aufs Leben.
Er stolperte in den Garten, holte die Leiter vom Holzstall, bestieg sie und riß die Ziegel vom Dach. Er nahm sich nicht die Zeit, mit jedem von der Leiter zu kriechen. Er warf sie auf die Hecke, und manche Steine glitten von den federnden Zweigen zu Boden und zerklirrten auf dem Kiesweg. Andere Dachziegel zerbrachen schon in seinen Händen, weil der Kalk sie an die Nachbarziegel gebacken hatte. Hardel zerrte keuchend und hatte nur die Katze im Sinn.
Als er die Hälfte des Daches abgedeckt hatte, war noch immer nichts von der Katze zu sehen. Er tastete, leuchtete mit der Taschenlampe – nichts. Er rief, gab der kümmerlichen Katze Kosenamen, doch es rührte sich nichts. Hardel begann an seinem Verstand zu zweifeln, stieg von der Leiter, hockte sich auf den Kompost unter dem Kirschbaum, schnaufte, ließ die Arme hängen und war ein Häufchen alter Mann.

Aber da hörte er wieder ein leises Zirpen – einen Heuschreckenton, und er stieg auf und fand endlich die Katze. Sie kauerte am Trempel in einem von Holzwürmern ausgefressenen Loch eines Tragbalkens.
Klamm lag das unverletzte Tier in der Mannshand. Hardel rieb es mit seinen schrumpeligen Altmännerdaumen, führte das Katzenmaul an seinen Mund und versuchte diesem Plüschläppchen Leben einzublasen. Er blies und blies, und das Häuschen hinter ihm sah aus, als hätte es ein Wirbelwind besprungen.
Als Hardel abließ, seinen Atem mit der Katze zu teilen, sah er, daß sie sich auf seiner Handfläche wohlig streckte, wie Katzen es tun, wenn sie in Sonne baden. Erst streckte sie ein Hinterbein, dann ein Vorderbein, und dann – war sie tot.
Hardel krümmte sich vor Kummer. Hing sein Leben von dieser lumpigen Katze ab? Hilflos sah er sich um. An der Hecke stand der Nachbarsjunge. Hardel sah ihn an und reckte sich. »Ich hab sie nicht umgebracht!«
Der Junge schniefte.
»Wie?«
Der Junge schüttelte den Kopf.
»Nicht wahr, ich hab sie nicht umgebracht.« Der Alte nahm das Kopfschütteln wie einen Freispruch entgegen und legte seinen Arm um die Schultern des Jungen. »Es kommt eben vor, daß sie eins verschleppen. Verschleppen einfach die Kinder, verstehst du?«

Hasen über den Zaun

Der Winter zog zeitig ins Vorgebirge. Schnee fiel und war fein wie weißer Wegstaub, und er häufte sich an den trockenen Rainfarnstengeln zu Wehen. Der Ostwind wetzte sich an dem kleinen Holzhaus am Berghang und trieb den Schnee hinten im Garten gegen die Obstbäume.

Es ging auf den Abend zu, und der Alte mit dem weißen Knebelbärtchen sah in den Obstgarten. Hinter ihm saß seine Frau am Ofen und schliß Gänsefedern, und ihre Schulterblätter standen wie Flügelstümpfe in die Dämmerung. Der Alte sog schmatzend an seiner Tabakpfeife und sah dem Gestöber zu. »Ostwind!« murmelte er. »Einwandfreier Ostwind!«

Die Frau erhob sich, blickte flink aus dem Fenster, und ihre Augen tränten ein bißchen. Weiße Federchen wirbelten in der Stube umher, und draußen tummelte sich der Schnee, und der Unterschied zwischen draußen und drinnen wurde von der Ofenwärme bestimmt, von der Ofenwärme. »Möglich, daß es aufhört zur Nacht«, sagte die Alte. Der Mann fuhr gereizt herum. »Aufhören? Bei Ostwind?« Er war ein Streithammel, und je älter er wurde, desto rechthaberischer wurde er. Manchmal behielt er wirklich recht, dann triumphierte er, und wenn er nicht recht behielt, zeterte er über die Zeiten, die so wären, daß man sich auf nichts verlassen könnte. Die Alte kannte das seit sechsundfünfzig Jahren, und es machte ihr keinen Spaß mehr, selber recht zu haben und ihn zu reizen. Sie trug ihren Federkorb behutsam in die Kammer, als säßen schlafende Schmetterlinge drin. In der Kammer legte sie Wetterzeug für den nächsten Tag bereit, denn es konnte sein, daß der Alte wirklich recht behielt.

Der Alte rauchte im Bett noch eine Pfeife, sah in die aufgestocherte Glut des Ofens und lauschte auf das Weben des Windes und auf das Geknipsel des Schnees an den Fenstern.

Im Garten standen dreiundsiebzig Obstbäume, und der Wind wehte die ganze Nacht, und es fiel Schnee die ganze Nacht, und an den Obstbäumen bildeten sich Wächten, und die wuchsen und wuchsen bis zu den Baumkronen hinauf. Auch am Gartenzaun peitschte der geile Wind Schneewehen zusammen, und es sahen nur noch die Spitzen der Zaunlatten aus ihnen heraus. Vom Hunger getriebene Hasen hoppelten durch das Schneetreiben, und es war ihnen ein leichtes, über den verwehten Zaun zu springen und über die Wehen zu laufen und sich in die Kronen der Obstbäume zu setzen. Sie raspelten die Baumrinde herunter, und sie fraßen auch das gefrorene Jungholz der Triebe.

Bevor es Tag wurde, schaufelten die beiden Alten den Hinterausgang und das Fenster des Häuschens, das auf den Garten hinausging, frei. Der Alte war guter Dinge, weil er recht behalten hatte, und sie tranken warmes Wasser, das mit dem Staub gebrannter Gerste versetzt war. Sie kannten ihre Bäume, wie man seine Haustiere kennt, und sie warteten auf das Taglicht, und als genug Licht da war, starrten sie aus dem Fenster und stießen sich an. »Die Goldparmäne am Wassertrog! – Die Gute Luise am hinteren Pförtchen!«

Die Hasen hatten die Kronen von fünf Obstbäumen in einer Nacht zernagt und zerraspelt.

Die beiden Alten krochen in ihr Wetterzeug und schaufelten sich an den ersten Obstbaum heran, schaufelten ihn frei, und als das getan war, schaufelten sie auch den nächsten Obstbaum frei und den nächsten auch. Und als sie soweit waren, sagte die Alte: »Sollten wir nicht lieber einen Graben um den Zaun schaufeln?« Der Alte wollte nichts davon hören, und er hatte recht, denn einen Graben um den Zaun zu schaufeln, wäre ihnen in drei Tagen nicht gelungen, zumal es noch schneite und weiter schneite. Außerdem hätte der Graben breiter sein müssen, als ein Hasensprung lang ist. Die Alte hatte den Vorschlag wohl nur gemacht, um eine Verschnaufpause zu haben, und sie erwiderte nichts.

Sie schaufelten weiter, und am halben Vormittag hörte der Wind auf, und es hörte auf zu schneien, und die Alte wagte zu sagen: »Welch ein Glück, trotz der fünf verlorenen Baumkronen, welch ein Glück!«

Aber der Alte wurde zornig und sagte: »Kräh du nicht und wart erst ab!«
Sie türmten neben jeden Obstbaum einen Schneeberg; sie hielten die Abstände von den Schneebergen zu den Obstbäumen so, daß die Hasen, falls sie es hätten versuchen wollen, die Schneeberge nicht beim Abweiden der Baumkronen hätten benutzen können.
Die Alten gönnten sich keine Zeit für ein Mittagsmahl, und sie geizten mit jedem Strählchen Taglicht. Am Nachmittag begann die Alte zu husten, und am Abend trank sie Pfefferminztee. Der Alte saß und aß viel und lange. Ab und zu hielt er beim Kauen inne und lauschte nach draußen, und er war nicht zufrieden, weil er nicht recht behalten hatte, denn es wollte und wollte auch auf Abend kein Wind aufkommen.
Die Alte hatte nicht Hunger, und sie legte sich zu Bett. Sie fror, und ihre Zahnprothese klapperte. Der Alte warf ihr zwei Decken übers Zudeck, und als sie immer noch nicht warm wurde, legte er sich zu ihr und schlief sogleich ein.
Aber in der Nacht wurde er vom heftigen Husten der Frau geweckt. Er machte Licht, und er sah das Pfifferlingsgesicht der Alten an, und er betastete ihre Stirn und fand, daß sie heiß wäre.
Er erhob sich und ging in die Küche, um frischen Pfefferminztee zu kochen, und dabei hörte er, wie der Ostwind draußen wieder zu wehen begann.
Die Alte mochte den Pfefferminztee nicht. Sie hustete, hustete und bat ihn, zu den Nachbarsleuten zu gehn, die dreihundert Meter höher am Hang wohnten und ein Telefon hatten. Sie verlangte nach der Gemeindekrankenschwester. Der Alte, dieser Kampfhahn, war schon wieder auf dem Zaun. Eine Krankenschwester bei Nacht und mitten in Schnee und Winter, das habe es nie gegeben. Die Alte, die ihn im Fieber nicht fürchtete, widersprach: Man käme jetzt zu Kranken zu jeder Tages- und Nachtzeit.
Die Antwort des Alten war ein Gelächter, ein Meckern. Aber die Alte begann um sich zu schlagen, und sie bat ihn wimmernd, die Hasen von ihrem Deckbett zu vertreiben.

Der Alte zog sein Wetterzeug an. Er wollte der Frau ein wenig zu Willen sein, weil sie krank war; sie würde ja selber sehen.
Draußen vor den Hügeln und im Gestöber krabbelte der Alte den Weg zum Nachbarhaus an und war klein und gering wie jene schwarzen, stecknadelkopfgroßen Käfer, die es unternehmen, sich durch Mehlberge zu arbeiten. Es brauchte lange, bis er die dreihundert Meter nach oben zurückgelegt und den Nachbarn, der auf der Gemeindeverwaltung arbeitete, herausgeklopft hatte. Und es währte auch geraume Zeit, bis man sich auf der Schwesternstation im Unterdorf meldete. Es wurde gefragt, ob das Kommen bei diesem Wetter unbedingt erforderlich wäre. Das Kommen wäre unbedingt erforderlich, sagte die Frau des Nachbarn und machte es dringlich, es handele sich um eine alte Frau, um ein kleines Lebenslicht.
Als der Alte wieder in seine Stube trat, sah er, daß das kleine Gesicht der Frau gedunsen und rot war. Sie hatte die Bettdecke weggeschleudert, und er hob sie auf und deckte die Alte wieder ein.
Die Blaubeere schlägt das Fieber nieder, fiel ihm ein, und er stieg in den Keller, um ein Glas Blaubeeren zu holen. Im Keller hörte er den Wind nicht wehn, und er fürchtete schon, nicht recht behalten zu können, doch als er mit dem Glas nach oben kam, hörte er den Wind wieder und wurde fast heiter.
Er klopfte mit einem Teelöffel an den kleinen Blaubeerteller, wie man es zu tun pflegt, wenn man Kinder aufs Essen hinlenken will. Die Alte sah ihn irr an. »Ob einer von ihnen am Leben geblieben wäre, wenn sie nicht Zwillinge gewesen wären, Herr Wahrsager?« Die Frau sprach von ihren Söhnen, die im Kriege geblieben waren.
Dem Alten wurde es unheimlich. Die Frau hielt ihn für den Wahrsager, der in der Kreisstadt nach dem Kriege sein Wesen getrieben hatte und dem sie ein halbes Schwein hingeschafft hatten, um etwas über ihre Söhne zu erfahren.
Die Alte wollte die Blaubeeren nicht, und sie stieß mit dem Fuß nach dem Manne, als er sie ihr zu Munde bringen wollte. Er

verschüttete die gekochten Blaubeeren auf ihrem Deckbett, und die Alte starrte auf den Blaubeerfleck und fürchtete sich.
Der Alte ging beleidigt in die Küche. Er saß dort und grübelte, und je mehr Zeit verging, desto weniger war er beleidigt, denn er begann recht zu erhalten; die Gemeindeschwester kam nicht.
Als die Alte versuchte, aus dem Bett zu springen, sagte er sich: Es muß etwas geschehn, und er beschloß, sie selber zur Schwesternstation zu bringen, wie er es früher mit den Söhnen getan hatte, als sie noch klein waren.
Er holte das Plättbrett aus der Kammer und suchte dicke Kleider aus dem Schrank, die alte Krimmermantille, das Umschlagetuch und alles, was wärmen konnte. Außerdem nahm er dickes Unterzeug und lange Unterziehhosen von sich und fiel damit über die Frau her.
Die Alte, die in einem lichten Augenblick erkannte, was der Mann vorhatte, ließ sich kleiden und mummen, und als sie wie ein Bündel übereinandergezogener Kleider dalag, schob der Alte sie auf das Plättbrett. Er band sie mit einem Strick ans Brett.
Er holte den Hörnerschlitten aus dem Stall, und er sah, daß die Obstbaumgruben, die er und sein Weib am Tage geschaufelt hatten, wieder zugeweht waren, und er dachte, ich will mich beeilen, denn morgen werde ich zu all der Arbeit allein sein, und ich werde noch vor Tag beginnen müssen, sonst werde ich es nicht schaffen.
Er trug die Alte hinaus auf den Hörnerschlitten und wunderte sich, daß sie so schwer war, aber das machten wohl die vielen Kleider, und es war alles recht so, wie es war.
In der Frostluft begann die Alte zu jammern, und er konnte sich nicht enthalten, ein wenig herauszukehren, daß er recht behalten hatte. »Ich habe dir gesagt, daß sie nicht kommen. Aber ich bringe dich hin. Ich!«
Das Gesicht der Alten verklärte sich. Sie war schon wieder im Wahn, und sie war glücklich darüber, daß der Alte sie endlich zu ihren Söhnen bringen würde.
Er band die Alte mitsamt dem Plättbrett auf dem Schlitten fest

und fuhr mit ihr talab. Er brauchte den Schlitten nicht zu bremsen, denn es waren genug Wächten auf dem Wege, die das besorgten. Er stieß den Schlitten durch die Wehen und ächzte und schwitzte dabei, aber mit einem Male bäumte sich die Alte auf dem Plättbrett und schrie: »Bind mich los! Bind mich los!«
Der Alte beruhigte sie und versprach ihr, schneller zu fahren, damit sie rasch hinkäme, und die Alte war es zufrieden, rascher zu ihren Söhnen zu kommen.
Doch über einer Weile gab sie sich einen solchen Ruck, daß der Schlitten zu kippen drohte, und sie behauptete, die Söhne kämen auf ihren Panzern, und sie müßte ihnen entgegen und sie begrüßen.
Und der Alte schob und schob den Schlitten und schnaufte, und als er ihn um eine Kurve schob, war's ihm selber so, als hörte er Panzergedröhn, und er dachte: Sie steckt dich an mit ihrem Fieber, sie macht dich verrückt; es ist nichts als dein Blut, dein eigenes Blut, das du rumoren hörst!
Er fuhr mit seinem Schlitten geradewegs auf den Schneepflug zu, und als der Fahrer das rutschende Bündel und den wankenden Mann dahinter sah, hielt er an. Die Schwester, die aus dem Krankenauto stieg, das dem Schneepflug folgte, schimpfte mit dem Alten: »Nein, nein, nein, wir haben doch gesagt, daß wir kommen!«
Dem Alten fehlte der Atem fürs Widerreden, aber er dachte: Man kann sich auf nichts mehr verlassen.
Die Alte war bewußtlos geworden, und als ihr die Schwester den Puls gefühlt hatte, ließ sie sie eilig mitsamt dem Hörnerschlitten von den beiden Fahrern in das Krankenauto schieben.
Der Alte stand am halben Hang und sah die Rücklichter des Krankenwagens im Schneegestöber verglühen. Man hatte ihn stehengelassen und vergessen. Und er hätte auch nicht mitfahren können, wenn er an die Arbeit dachte, die ihm daheim bevorstand.
Er stampfte hangan, und bis er sein Häuschen sah, wurmte es ihn, daß er nicht recht gehabt hatte mit der Gemeindeschwester. Dann aber sah er im Garten wieder die Hasen auf den Baumkro-

nen weiden, und er verscheuchte die Hasen und begann sofort zu schaufeln.

Jetzt stand er der großen Arbeit allein gegenüber. Er hatte es vorausgesagt, und er hatte recht behalten, und das tat ihm gut. Er schaufelte und grub, und er wurde im Schneewind selber zu einem kleinen Schneeberg, zu einem Schneeberg, der manchmal ächzte, der manchmal die Arme hob und die Hasen verscheuchte. Ja, ja, es war schon so: Er mußte es schaffen, denn er hatte recht behalten: er war für die Arbeit allein, und es war gut für ihn, daß er um diese Zeit noch nicht wußte, wie allein er war.

Kraftstrom

Zwei eingemauerte Schweine fordern, daß der alte Adam auf einem Morgen Sandland hinterm Hause Kartoffeln steckt, sie pflegt und erntet. Die Kartoffeln wandern durch die Schweine, werden zu Dreck, und er bringt den Mist aufs Feld, um neue Kartoffeln drauf zu stecken.

Er füttert die Hühner, hütet die Gänse, sägt und spaltet Feuerholz, schleppt zehn bis zwanzig Eimer Wasser täglich von der Pumpe hundert Meter hinter dem Hause, verwandelt sie zu Spülicht und schafft sie wieder hinaus. Mit einem Spaten belüftet er die Erdschwarte des Hausgartens, pflanzt und bejätet Gemüse, erzieht mit einer Schere das Fruchtholz der Obstbäume, schützt ihre Blüten mit Rauch vor den Frühlingsfrösten, achtet auf die wilden Wege des Enkels, hilft den Nachbarn, redet nicht viel, denkt lieber und arbeitet folglich mehr, als zu sehn ist, der alte Adam.

In Bettfedern gehüllte Braten auf blaßroten Beinen – das sind die Gänse. Weshalb fliegen sie um Martini nicht fort? Flügel haben sie doch genug! Der Mensch hat sie gezähmt, gezüchtet, gemästet, hat ihnen das Fliegen abgewöhnt. Ein verfluchter Zweibeiner, der Mensch!

Er veranlaßte die Hühner, ihre Lebensbahn vom Küken zum Suppenhuhn mit Eiern zu pflastern, verpflichtete sie, die Eier in Kisten und Körbe zu legen, stiehlt sie ihnen unterm Hinterteil weg und erreichte sogar, daß sie sich nicht wundern, wenn immer nur *ein* Ei im Nest liegt. Ein Auskenner, dieser Mensch!

Aus dem Unkraut Hederich züchtete er Rettiche und Radieschen, Kohlrüben und Kohlrabi, Rot- und Weißkohl, der Mensch, der Mensch! Er ist stolz auf ihn, der alte Adam.

Er ist um sechzig Sommer alt, und dreißig davon verbrachte er im Wald. Der Wald ist nicht mehr jene dunkle Pflanzenwucherung, in der die Götter von Uran und Urina hockten, in der Schlangen dem Menschen das von Mönchen gezüchtete Edelobst anbieten,

wie wir's von den Paradiesbildern der alten Italiener kennen. Der Wald ist uns untertan, und wir, seine Beherrscher, pflanzen ihm die Bäume, vergiften ihm die Maikäfer, vertilgen ihm die Seggen, stutzen ihm die Geilkiefern und lichten ihn.
Eine große Kiefer fiel beim Holzen im Drehwind schlecht, streifte einen Nachbarbaum und brach dort einen dicken Ast ab. Der Ast fiel herab und zerschmetterte ein Knie, es war das rechte Knie des alten Adam. Um das Barbiergeld zu sparen, ließ er sich im Krankenhaus den Vollbart wachsen.
Er liebte den Wald. Aber so sagt man das auf dem Vorwerk nicht; man wirft dort nicht mit hohen Begriffen umher wie mit madigen Pflaumen. Also, der alte Adam kriecht gern im Wald herum. Er geht in die Pilze. Pilze sind keine Pflanzen, keine Eier, aber auch keine Tiere. Eine Sorte, die Grünlinge, wächst in den Wagengeleisen der Waldwege, dort, wo sich nicht einmal die Laus unter den Pflanzen, die Quecke, hintraut. Grünlingsgehäuse sind, wie mit Lineal und Zirkel konstruiert, aus Mahlsand. Unter ihren Hüten fertigen sie ein namenloses Grün an, lassen sich sauer kochen und schmecken gut, weiß der alte Adam.
Auf dem Weg laden Langholzkutscher Baumstämme ab. »Licht wird's geben!« sagt der Schwiegersohn, sagt es gelassen wie jener Alte in der Bibel: »Es werde Licht!« Ist der Mensch ein Gott? Es ist zu oft übers Licht geredet worden. Zwei Regierungen versprachen den Leuten vom Vorwerk Licht, und die neue Regierung ist erst zwei Jahre alt, der alte Adam glaubt nicht ans Licht.
Er wohnt im Haushalt der Tochter. Eine Kiste, in der sich neunzig Kubikmeter von Tabakrauch durchschossener Luft aufhalten könnten, das ist sein Stübchen. Zieht man den Luftraum ab, den Tisch, Schrank, Kommode und Bett einnehmen, kommt man auf fünfundsiebzig Kubikmeter Großvaterluft.
An den Wänden Fotografien, ein Rehbocksgehörn, ein Schauflergeweih und eine große Fünfundzwanzig aus versilberter Pappe. Im Kommodenschub Bücher, braun an den Blattecken vom nassen Umblättern.
Auf der braungetönten Tageslichtkopie über dem Bett eine

ernste Frau mit einer Kindernase, die Adamin. Sie starb an Blutvergiftung. Auf einem anderen Foto: Er, die Frau und drei Kinder; die Kinder wie von der Weide zum Fotografieren getrieben. Die Jungen fielen im Krieg. Der Teufel hol ihn! Die Kleine mit der großen Haarschleife ist die Tochter, bei der er wohnt. Auf einem schwarzgerahmten Foto: Er, jung und allein zu Pferde. Bespannte Artillerie 1905 Rathenow. »Auf, auf, Kameraden, aufs Pferd, aufs Pferd. Zu Erinnerung an meine Dienstzeit.«

Die Tochter, früher Stubenmädchen bei der Frau des Gutsbesitzers, die Bücher in der Schule schon sauber, ist Buchhalterin auf dem Volksgut; der Schwiegersohn Traktorist, auch auf dem Volksgut.

Die Zeit vergeht. Der Mensch mißt sie an seinem Leben. Der Traum vom Licht wird Wirklichkeit.

Es kommen fünf Männer, und die stellen ihre klapperigen Fahrräder an die großen Kiefern. Fahrräder, Stahlgestelle, Beine aus Blech, die den Menschen zum Schnelläufer machen, sind rar geworden. Es gibt keine Bereifungen aus elastisch gemachtem Baumharz mehr für sie. Die Menschen ringsum sind durch den Krieg wieder auf ihre Füße verwiesen worden. Beinfutterale, Schuhe, sind knapp, weil die Rinder knapp wurden. Erwachsene Leute haben mit Feuer gespielt und nicht nur Häuser und Ställe des Nachbarn angezündet. Das Feuer hat seine Gesetze.

Eine, wenn auch fünfzehnmal geflickte, Fahrradbereifung spart Schuhe. Verschlissene Reifen werden zu Schuhsohlen, und wenn sie in Fetzen von den Füßen fallen, wirft man sie an den Waldrand. Einer, der im Wald zu tun und zuwenig Mantel hat, macht sich mit ihnen ein Feuer und wärmt sich. Eins geht ins andre über, bis es uns aus der Sicht gerät.

Die Männer tragen verschossene Arbeitsanzüge. Wer weiß, wohin die blaue Farbe flog! Zum Mittag essen sie kalte Pellkartoffeln mit Rübenmarmelade. Sie graben Löcher am Wegrand, lassen ein bis zwei Kubikmeter Luft in die Erdrinde, und wo sie die ausgehobene Erde hinwerfen, muß die Waldluft weichen. Wo eins ist, kann das andre nicht sein. Sie setzen die Baumstäm-

me mit den geteerten Enden in die Löcher, füllen die Löcher wieder mit Erde, und die Luft entweicht. Handel und Wandel. Einer kehrt mit den Beinen ins Tierreich zurück, schnallt sich eiserne Krallen an die Holzschuhe und klettert in die ehemalige Baumspitze. Die Gänse gehn auf das Grab von Adolf Schädlich, fressen die Begonien und düngen die Pelargonien mit ihren grünen Kotstiften; der alte Adam hat sie vergessen.
Der mit den Fußkrallen dreht dem kahlen Baum an der Spitze Porzellanlaub an. Alle fünfzig Meter ein Mast – anderthalb Kilometer bis ins Hauptdorf; der alte Adam ist Augenzeuge.
Zwei Tage bleiben die Männer fort, dann kommen sie als Turmakrobaten auf dem Luftwege zurück, und die kahle Lichtmastenallee schleppt zwei dünne Geleise zum Vorwerk für den, der da kommen soll.
In seinen Wortschatz nisten sich, neben anderen Neuworten, *Isolatoren* ein. Er spricht das Wort beim Abendbrot unüberhörbar aus. Die Familie staunt. Man könnte die Isolatoren Masthände nennen, mit denen sich die kahlen Kiefern den Draht zureichen, aber jede neue Erfindung schwemmt neue Namen und Begriffe in die Wortvorratskiste der Menschheit, und wer sich ihrer nicht bedient, wirkt lächerlich. Kann man die Elektrizität mit alten Worten anreden und Lichtbringerkraft nennen?
Er beginnt sich mächtig für die Elektrizitätsleitung zu interessieren. Als man das Hauptdorf mit einer Leitung versah, tat er's nicht, weil die schweren Bauern dort so genug prahlten mit dem, was sie besaßen. Sollte man sich unter ein Großbauernfenster stelln und das helle Licht bewundern? Jetzt würden die Hauptdörfler die Vorwerker nicht mehr *Funzelhocker* nennen können. Er bekam mächtig was übrig für die neue Regierung, der alte Adam.
Drei Häuser, vier Katen – das ist das Vorwerk, und jeder Behausung werden zwei Isolatoren ins Giebelgesicht gegipst. Zwei Tage später sind alle Häuser durch Drähte verbunden, sind miteinander verleint wie eine Koppel Jagdhunde.
Die Männer kriechen auf den Hausböden und in den Stuben umher. Das Haus erhält blecherne Eingeweide. Weißblechröh-

ren rieseln von den Wänden, kräuseln sich in den Stubenecken und enden an den Raumdecken. Umsponnene Drähte hängen wie aufgelöste Schuhbänder aus den Blechröhren und lauern auf die Lampen.

Er drückt mit seinem borkigen Daumen auf das Schalterhebelchen, und die Glühbirne leuchtet auf. Etwas Mächtiges ist geschehn: Das Vorwerk ist durch zwei Nervenstränge mit der großen Welt verbunden, und der alte Adam glaubt an das Licht.

Es ist sündig hell in den Stuben am Abend. Sie zünden noch einmal die Petroleumlampen an und veranstalten einen Wettbewerb. Die Petroleumlampen geben ihr Hellstes her und mühn sich bis zum Blaken, doch sie können nicht gegen die kleine Glühbirne anstinken. Niemand achtet mehr auf die dunkelgelbe Traulichkeit des Petroleumlichts. Traulichkeit ist unausgereifte Helligkeit mit Petrolgasduft. Die Glühlampe ist eine Stubensonne und siegt. Der Enkel zählt die Haare auf seinem Handrücken. Die Tochter findet, man muß die Stube frisch weißen. Der Schwiegersohn stellt das neue Licht auf die Probe und liest im Buch über den Dieseltraktor. Der alte Adam prüft mit der Taschenuhr vor dem Elektrozähler, ob eine Kilowattstunde sechzig Minuten hat. Sie sind vor lauter Licht ein bißchen wie dummsig, die Leute auf dem Vorwerk.

Eine rätselhafte Kraft strömt ins Haus, doch bevor man sie nicht am Schalter in die Glühbirne drückt, ist ihre Wirkung nicht zu sehn. Was macht sie, wenn sie verborgen in den Drähten hockt? Die Vorwerkskinder wollen sie aufspüren. Sie ziehn mit einer nassen Bohnenstange zum Friedhofshügel; der Schädlich-Enkel stippt an den Draht.

»Wie ist es?«

»Wie Musik.«

Der Adam-Enkel probiert's, doch er hört keinen Ton. Er hat ein schweres Gehör und muß beide Drähte stippen, sagen sie ihm, und er tut es. Es gibt Funken, grüne und gelbe Funken, und der Enkel behauptet später, es habe auch rote gegeben. Die Stange fliegt ins Gras, und der Adam-Enkel liegt mit verbrannten Armen daneben. Die Kinder laufen davon; der Alte eilt herbei

und bringt den schreckstarren Jungen mit Pfuhls Einspänner ins Kreiskrankenhaus.
Wenn sich Menschenerfindungen gegen den Menschen richten, weil er sie falsch handhabte, verflucht er sie. Der Urmensch Uran verfluchte das eingefangene Feuer, als er sich die Hände dran verbrannte. Der alte Adam flucht nicht; er denkt an seine Halbwüchsigenzeit:
Es war Herbst, schön kühl, sie hüteten die Großbauernrinder, zündelten ein Hirtenfeuer und wärmten sich. Sie erprobten, wer's von ihnen am längsten überm Feuer aushalte. Er war der kleinste, wollte sich beweisen und hockte über der Flamme, bis seine Hosen Feuer fingen. Er rannte, und der Luftzug brachte den Hosenbrand in Fahrt. Dann lag er im Gras, und die anderen löschten sein Hinterfeuer mit Maulwurfssand. Es gab Brandmale, die nicht zu sehen sind, weil sie in den Hosen stecken.
Auch als der Enkel gesund ist, kann der Alte von ihm nicht erfahren, was für eine Kraft die Elektrizität ist.
Im Frühling hilft er Grete Blume das Winterholz sägen, also zu einer Zeit, in der sich auch in Witwenaugen die Blüten der Sauerkirschen spiegeln. Grete Blume plaudert in der feurigkarierten Schürze von älteren Männern in Nachbardörfern, die sich ihrer Kräfte entsannen und wieder heirateten. Sie ist nicht nur Witwe, auch Brigadierin bei den Waldfrauen, sogar Aktivistin, und auch an diese Neuwörter hat der alte Adam sich gewöhnt, aber er kann sich nicht auf die Frühlingsreize seiner Sägepartnerin einlassen. Er will ihr gern behilflich sein, doch Weiterungen würde seine Tochter nicht dulden. Sie ist moralisch und wacht, daß er ihrer Mutter die Treue hält, und wer wird, wenn der Großvater sich verändert, bei ihr die Hausmädchenarbeiten verrichten?
Eines Abends sagt der Enkel: »Grete Blume kocht Kartoffeln elektrisch.« Das fährt in den alten Adam wie in einen Astronauten etwas Neues vom Mond.
Grete Blume zeigt ihm ihren Elektrokocher; glühende Drähte wie dünne Matratzenfedern; er sieht das Rädchen im Zählerkasten so schnell kreisen, als brennten drei oder mehr Lampen.

»Wirst du aber mächtig in die Groschen greifen müssen«, sagt er.
Grete Blume schmollt: Das wär nicht nötig, wenn sie jemand im Hause hätt, der ihr den Küchenherd einheizt, bevor sie von der Arbeit kommt. Der Forscher ist mit dem Elektrostrom beschäftigt: Der wird also zu einem flammenlosen Feuer, wenn man ihn durch Spiraldrähte treibt, und ersetzt sogar den Mann im Hause. Später wird er diesen Gedanken nicht mehr belustigend finden.
Die Elektrizität brachte ein weiteres Wunder aufs Vorwerk: Nachrichten, Theaterstücke, Vorträge und Wettervoraussagen. Man saugte sie mit einem Apparat und ausgespannten Drähten aus der Luft in die Stuben. Jede Familie für sich und nach Bedarf.
Bis in den Krieg besaß nur einer auf dem Vorwerk ein Rundfunkgerät. Die Elektrizität, um es zu betreiben, holte er sich in einem viereckigen Weckglas vom Fahrradflicker im Nachbardorf.
Adolf Schädlich stand auf dem freien Platz vor der großen Forstscheune, formte die Hände zum Schalltrichter und brüllte: »Gemeinschaftsempfang! Der Führer spricht!«
Eines Tages stritten sie sich beim Frühstück im Wald. »Einen Leitbock braucht nur das Herdenvieh; die Menschen haben Verstand und können miteinander verabreden, wohin sie gehn wollen«, sagte der alte Adam.
Dieses Frühstücksgespräch ziemte sich nicht für einen Haumeister. Den Posten besetzte Adolf Schädlich. Dann geschah das Unglück im Wald, und Schädlich verkündete, die Vorsehung habe den alten Adam gefällt.
Schädlich rannte freiwillig in den Krieg und stolzierte im ersten Urlaub durch das Vorwerk, einen silbernen Tressenwinkel in der feldgrauen Einsamkeit seines Rockes. »Könn Sie nicht grüßen, Mensch?« brüllte er den hinkenden Adam an.
Schädlich besuchte den Oberförster, und der Hühnerhund biß ihn in den Hinterschenkel. Die Wunde zwickte, aber Schädlich winkte heldisch ab. Der Hühnerhund war ein Vorgesetztenhund.
Die Front war noch fern, und Schädlich war lange unterwegs.

Die Tollwut flimmerte durch seine Blutkanäle und kam auf, als ihm auf einem Bahnhof ein Postsack vor die Füße fiel. Er verbiß sich wütend in den Sack, wurde arretiert und biß auf einer Frontleitstelle außerdem einen Obersten und einen Amtsleiter. Keine Rettung mehr! In einer schwarzen Holzuniform, die nur notdürftig auf seine Figur zugetischlert war, kehrte er aufs Vorwerk zurück und wurde auf dem tannumsäumten Friedhof begraben. Das war, als man den elektrischen Strom noch in Weckgläsern aufs Vorwerk trug.

Der alte Adam hört wissenschaftliche Vorträge und ist enttäuscht, wenn er nicht erfährt, was der elektrische Strom ist. Dann sucht er in der Zeitung, Spalte *Wissenschaft und Technik*. Die Tochter wird unruhig. Sucht der Vater nach Heiratsinseraten? Er wirft die Zeitung unzufrieden weg und schimpft auf die Redakteure, die Unbekanntes als bekannt voraussetzen und Bekanntes erklären.

Wenn eine neue Kraft erst da ist, gibt's Zeitspannen, in denen sie nur Quant für Quant in die Umwelt wirkt. Das sind die langweiligen Stellen unserer Geschichten. Wir überspringen sie und fahren bei den sichtbaren Veränderungen fort:

Der alte Adam sitzt auf dem Friedhof, sitzt dort auf einem Grab und ist sich selber nicht gut. Immer noch Löcher im Friedhofszaun. Es muß scheußlich sein, wehrlos unter der Erde zu liegen und sich mit Gänsedreck bestiften zu lassen! Er geht mit dem Spaten auf die Gänse los, er könnte sie erschlagen. Die Gänse stelln sich draußen auf, lugen in den Friedhof, bis er sich wieder gesetzt hat.

Er hat auf dem Grab von Adolf Schädlich gesessen. Ein kleines Entsetzen durchrieselt ihn, doch er verdrückt es.

Er setzt sich aufs Grab seiner Frau. Es rauscht in den Blautannen. Dieser Nachsommerwind, wenn er keine Widerstände fände, wäre er nicht zu spüren! Ähnlich beim elektrischen Strom. Er weiß noch immer nicht, was dieser Strom ist, doch seine Wirkungen hat er an sich selber erfahren . . .

Fünf andere Elektriker kamen, hatten Motore an ihren Fahrrä-

dern und waren schnell wie galoppierende Pferde. Sonst ging alles wie damals: Jeder Mast zwei Isolatoren; zwei weitere Drähte, und die Häuser erhielten einen zweiten Anschluß. »Endlich Kraftstrom!« sagte der Schwiegersohn und kaufte einen Pumpenmotor. Das Haus erhielt ein Gekröse eiserner Eingeweide von unten her, und das Wasser kam unter menschliche Bevormundung, mußte in dünnen Röhren die Wände hinaufkriechen. Druckkessel, Spülstein und Wasserhähne – das erste Wasser, das in der Küche gezapft wurde, nötigte ihm noch ein Loblied auf den listigen Menschen ab, dem alten Adam.
Aber die großen Kümmernisse keimen unerkannt; man erkennt den Stein nicht, an dem man sich in der Zukunft das Bein brechen wird.
Die Wassereimer wurden zu den Petroleumlampen auf den Hausboden gebracht, und ihre von Hornhaut polierten Griffe sehnten sich dort im Dunkel nach den Händen des alten Adam. Wer kann es wissen?
Nachbar Pfuhl, der Bodenreformbauer, kaufte einen Motor für seine Dreschmaschine, und fortan wurde der Alte nicht mehr zum Treiben der Göpelpferde geholt, aber immerhin durfte er nach dem Dreschen noch die Saatreinigungsmaschine drehn. Dann wurde die Genossenschaft der Bauern gegründet; Pfuhls Dreschmaschine und der Dreher der Saatreinigungsorgel wurden überflüssig. Für den Dreschmaschinenmotor fand man Verwendung, für den alten Adam nicht. Der Motor wurde mit einer Kreissäge gekoppelt, und mit der Motorsäge zerkleinerte man das Winterholz für alle Einwohner des Vorwerks in wenigen Stunden. Aus war's mit dem Holzsägen im Frühling bei Grete Blume!
Aber noch waren der Hausgarten, die Schweine und das Federvieh da. Schweigsam nahm er den Kampf mit der überflüssigen Zeit auf.
Der Enkel lernte Elektriker in der Stadt. »Weißt du jetzt, was der Elektrostrom ist?« fragte der alte Adam. Der Enkel wußte es nicht.
Ein neues Weltwunder in der Kate; ein Apparat von der Größe

einer Hühnerversandkiste, eine Seitenwand aus Glas. Der elektrische Strom lockte lebende und sprechende Bilder aus aller Welt auf die Glaswand. »Großvater soll noch was vom Leben haben«, sagten die jungen Leute.

Sie wuschen sich nur notdürftig, wenn sie von der Arbeit kamen, schlangen das Abendbrot hinunter und saßen wie eine Wand vor dem Spielkasten. Er mußte mit dem zufrieden sein, was er von hinten erspähte: Reitende Mongolen, ein dicker Berliner ohne Humor spielte Komiker, Ernteschlachten und Hochwasser, Bagger, so groß wie Kirchen, die von einem Menschen bedient wurden, Oberliga und Eisenhüttenarbeiter, die vom Staatsrat mit Medaillen ausgezeichnet wurden, Wettreiten – jeder im Lande hatte seine Stelle, seine befriedigende Arbeit, nur er nicht, der alte Adam.

Die jungen Leute wurden vornehm und schafften die Schweine ab. Tochter und Schwiegersohn hatten Pökelfleisch und hartgeräucherte Wurst satt. Das Kartoffelland brauchte nicht mehr bestellt zu werden.

Die jungen Leute gingen auf die Hühner los. Er konnte aus seinem Ställchen keine Wintereier von ihnen liefern. Wintereier wurden den Hühnern in temperierten und elektrisch beleuchteten Ställen auf den Genossenschaftsfarmen entlockt.

Die Tochter brachte im Frühling frische Wirsingkohlköpfe aus dem Konsum. Er hatte seine Wirsingkohlpflanzen erst gesetzt. Kopfsalat und Kohlrabi – alles zu spät, zu spät. »Was soll der Hausgarten noch?« Die Tochter beachtete die Hände nicht, die sich unterm Tisch versteckten, die Hände des alten Adam.

Man ließ ihm nur die Gänse, die er am wenigsten leiden konnte. Behielt man sie der Bettfedern oder seinetwegen? Er wurde noch schweigsamer, wandte sich wieder dem vertrauten Walde zu, ging in die Pilze, verkaufte sie in der Sammelstelle. Aber ging's ihm darum, Pilze in bedruckte Zettel zu verwandeln?

Im Frühling entsann er sich der Ermunterungen Grete Blumes. Es war ein warmer Abend. Der Flieder sandte sein duftendes Gas aus, und der Vermehrungsdrang schrie aus den Käuzen, als er bei Grete Blume anklopfte. Ein Herein und ein Kichern klangen ihm

entgegen, und das war zu verstehn: Es saß ein verwitweter Umsiedler aus dem Hauptdorf hemdärmelig in Grete Blumes Küche, und sie aßen miteinander elektrisch gekochte Pellkartoffeln und Sülze.
Auf dem Heimweg war Müdigkeit wie nach einem langen Marsche in seinen Füßen. Der Fliederduft drückte seine Schultern nieder, und im Balzruf des Kauzes hörte er Hohn.
Das war im letzten Frühling. Jetzt ist Sommerkehraus mit schrägstehendem Licht und abnehmendem Grün. Er scheucht noch einmal die Gänse aus dem Hof der Toten. Die Gänse morsen sich etwas zu und tun, als ob sie sich zum See hinwenden.
Er bleibt vor einem Grabstein, jenem praktischen Leichenschutz aus den Tagen Urans, stehn und liest die dem Toten zugedichtete Inschrift:

Das Uhrgetack, der Stundenschlag
Nähn Zeit aus Stille, Nacht und Tag;
Der Mond tut einen Tritt,
Der Tod tappt mit.

Er fängt unter der großen Douglasie an zu graben, hebt das grüne Lächeln der Erde, die Grasplaggen, aus und schichtet sie. Eine Altmännerträne, schwer vom Salz der Erfahrung, hängt an seinem Vollbart wie eine Tauperle an einer Baumflechte. Sie fällt, wie alles, was der Schwerkraft der Erde gehorchen muß, in den krümeligen Humus und versickert.
Sommeranfangs war er ins Dorf gegangen und hatte um eine Stelle als Viehhirt gebeten. Der Melkermeister und Vorsteher der langen Genossenschaftsmilchfabrik klopfte ihm die Schulter und zeigte auf den Krückstock, aufs lahme Bein des alten Adam.
Er verfiel darauf, Heilpflanzen zu sammeln und sie auf Kuchenbrettern zu trocknen. Eines Tages brachte er sie auf den Fußsteig vor der Kate, weil die Sonne dort günstig stand, und der Schwiegersohn fuhr mit seinem Moped über die Teebretter.
Es gab keinen Zank, aber einen Seufzer und gleich darauf ein

kleines Feuer auf dem Anger. Eine Menge Gesundheit flog mit dem Rauch davon.

Der Adam-Enkel war jetzt Elektriker in einem Atomkraftwerk. Er arbeitete gut, war zum Ersten Mai ausgezeichnet worden, doch daheim war er – Musik, Musik und Fieber. Ein Rundfunkempfänger von Zigarettenschachtelgröße arbeitete an seinem Handgelenk. Musik aus dem Handgelenk. Der Strom für die Schachtel kam aus Batterieröllchen, nicht stärker als Gänsestifte. Posaunen und Stopftrompeten verscheuchten ihm die eigenen Lieder. Daraus entstand jenes Fieber, das den Alten am Enkel beunruhigte.

Der junge Elektriker brachte eine Verkäuferin aus dem Waldstädtchen. Sie hielten einander umschlungen, verrenkten Beine und Hüften, kamen trotzdem vorwärts und gingen zum See hinunter. Mit den ratternden Musikschachteln an ihren Handgelenken tauschten sie Gefühle aus, lächelten, ließen einsilbige Laute hören, waren glücklich auf ihre Art, und die mußte nicht schlecht sein, nur weil der alte Adam sie nicht verstand.

Die Verkäuferin, das Kind, sollte ein Kind haben. Man holte sie in die Adam-Kate. Sie sollte vor der Geburt des Kindes noch haushalten lernen.

Kein neues Weltwunder in der Kate, die künftige Schwiegertochter mit Fernsehnamen Beatrix. Ihr Gesicht war blaß, ihr Haar war gebleicht; sie trug ihren wachsenden Bauch mit Widerwillen durch die kleine Welt und hielt sich die Nase zu, weil ihr der Pfeifenrauch nicht bekam. Der alte Adam deutete die Schwangerschaftsübelkeit auf seine Weise: Für die ganz Jungen hatte er schon Leichengeruch. Er wich der kleinen Bea aus, doch sie schien ihn mit ihrem ausgebeulten Röckchen zu verfolgen. Eine gefüllte Knospe schickte sich an, ein gelbes Herbstblatt vom Aste zu stoßen.

Sie schlief beim Staubwischen auf dem Sofa ein, schlief überm Kartoffelschälen und am liebsten im Bett der versteckten Großvaterstube, die kleine Bea. Auch Urina suchte wohl einst die warme Höhle auf, wenn der Bär abwesend war. Bea schlief, und der kleine Apparat an ihrem Handgelenk arbeitete. So fand er sie, als er am Mittag aus dem Wald kam. Sie erwachte vom Pfeifendampf, hielt sich die Nase zu, bastelte mit der anderen Hand am Turm ihrer Haare, gähnte und sagte: »Hübsch werden wir hier wohnen.«

Da hatte er's aus der Quelle: Man wartete auf seinen Tod. Sie sollten nicht lange zu warten haben!

Jetzt gräbt er sich sein Grab, setzt eine vielgebrauchte Redensart in die Tat um. Er gräbt, und kleine Steine schrein auf, wenn das Spatenblatt sie berührt . . . Man geht zum See hinunter, man ist gottlob kein Schwimmer, man geht ohne Umschweife unter. Vielleicht bekommt das Herz einen Schlag vom kalten Wasser, bevor man den grünen Algenschlamm schlucken muß. Man stampft bis hinter das Röhricht, sinkt bis an den Hals und tiefer. Der taubenblaue Himmel wird mit blaßgrüner Dämmerung vertauscht; ein Aal rankt sich an einem hoch, benutzt den Wasserstrudel, um in den schluckenden Mund zu schlüpfen . . .

Aber soweit ist's noch nicht. Er hat die Bücher mit den braunen Blattecken aus dem Kommodenschub gelesen, er kennt Geschichten. Er will den jungen Leuten seinen Tod ankündigen, will den kleinen Pumpenmotor im Keller zerschlagen gehn. Er wird dem Drachen Elektrizität damit nicht einen einzigen Kopf abschlagen, aber dieses kleine Rätsel sollen die jungen Leute von ihm haben.

Er geht zum Weg hinunter, tritt an die Wiese und steht vor einem Wunder: Die Genossenschaftsweide ist bis an den Hochwald von einer niedrigen Elektroleitung umspannt. Eiserne Pfähle, Isolatoren und Drähte – eine Stromleitung im kleinen.

Ein moderner Tod. Man hatte nur nötig, den Hängestrick zu berühren. Er packt den oberen Draht mit der bloßen Hand, erhält einen elektrischen Schlag, doch der ersetzt den Tod im See nicht.

Drei Hektar elektrisch umrandete Weide, und auf der Mitte grast die Milchrinderherde. Man hat den elektrischen Strom zum Hirten gemacht, während man Adam auf den Ausschußhaufen der Menschheit warf.

Die Neugier, jene listige Lebensverlängerin, erwacht in ihm. Die Elektrizität liegt ihm zu Füßen. Er muß herausbekommen, was der Elektrostrom ist, er muß!
Ein Kästchen auf rotem Eisenpfahl. Es knackt und tackt drin, als ob sich ein Specht ins Freie hacken wollte. Pfahl und Kästchen unter einem Baum in der Wiese. Also, von hier geht der Strom aus, von hier. Er entdeckt einen Schalter am Kästchen, drückt drauf, und das Tacken verstummt. Die Leitung ist stromfrei.
Es beginnt ihm Spaß zu machen, sich mit dem Strom zu unterhalten. Er schaltet ihn ein, er schaltet ihn aus, setzt ihn mit einem Fingerdruck als Wächter ein und wieder ab.
Jeden Tag ist er am Weidezaun, aber eines Tages liegen die Drähte zerrissen auf der Erde. Wildschweine sind nachts hindurchgegangen. Die Rinder sind ausgebrochen und stehn auf dem Wege oder grasen im Wald. Er kann sie nicht zurücktreiben; er nicht mit seinem lahmen Bein. Er humpelt ins Dorf und meldet den Vorfall.
Der Genossenschaftsvorsitzende kneift die Augen zu. Ein Einfall rauscht von irgendwoher heran: Könnte der alte Adam nicht den Posten eines Weidewärters übernehmen, auch die Kälber- und Jungviehweide überwachen? Eine dicke Bezahlung ist nicht zu erwarten, aber Adam kann sich nützlich machen. Acht Tage Bedenkzeit!
Der alte Adam braucht keine Bezahlung, der alte Adam braucht keine Bedenkzeit. Der alte Adam braucht Raum im Hauptdorf.
Ein Traktor fährt vor die Adam-Kate. Zwei Traktoristen räumen eine Stube aus, bringen sie auf neunzig Kubikmeter Luftraum. »Was soll das?« Die jungen Leute gehn auf den Großvater los. »Ihr kriegt noch zu wissen, wie es ist«, sagt der alte Adam. Auf dem Sofa schläft mit vorgerecktem Bauch die blasse Bea. Ein Saxophon und ein Schlagzeug arbeiten an ihrem Handgelenk.
Er klettert auf den Zweitsitz des Traktors. Die jungen Leute winken – der Nachbarn wegen. – Es gibt kein Gesetz, das vorschreibt: Du sollst in der Stube sterben, in der du geboren wurdest!
Kälber-, Jungvieh- und Milchrinderweide – er muß sie alle

belaufen. Wenn Rehe oder Wildschweine die Drähte auf ihren Nachtgängen zerreißen, muß er sie flicken. Die Isolatoren müssen heil und die Akkumulatoren gefüllt sein. Ein anfälliger Gesell, der elektrische Hirt, er stolpert über Grashalme und hat einen ständigen Pfleger nötig.
Die Welt braucht ihn wieder, den alten Adam. Aber was der Elektrostrom ist, weiß er immer noch nicht. Er hält den Enkel an, der auf dem Motorrad mit der halben Geschwindigkeit einer Flintenkugel zur Arbeit flitzt. Keine Musikschachtel mehr am Handgelenk des Jungen. Die Musik des neuen Menschenkindes in der Kate hat sie verdrängt. Jede Jugend hat ihren Überschwang. Die Alten fürchten, er könne verderben, was sie mit ihrem Planeten planten, aber der Planet ist rund und bewegt sich.
»Frag endlich deine Ingenieure, was der Elektrostrom ist!« sagt der Alte.
Der Enkel wagt nicht mehr, den Großvater zu belächeln. Es ist genug Schande geschehn. Er sieht in der Werkbibliothek im Lexikon nach und lernt die Antwort auswendig: »Elektrizität ist die Gesamtheit der Erscheinungen, die auf elektrischen Ladungen und den von ihnen ausgehenden Feldern beruhen.«
»Die Kuh frißt Gras und gibt Milch, und daher kommt sie. Ist das eine Antwort?« fragt der alte Adam. Er ist unzufrieden mit den Ingenieuren. Er muß den Elektrostrom selber weiterbelauern. Der ist nichts Fremdes: verwandelte Kohle, verwandelte Fließkraft des Wassers, verwandeltes Uranerz aus den Bergen der Erde. Er ist nicht fremder als der Wind, den die Segelschiffer morgens dankbar begrüßen.
Das gibt ihm mächtig zu denken, das macht ihn glücklich. Aber so sagt man das auf dem Vorwerk nicht; man wirft dort nicht mit hohen Begriffen umher wie mit madigen Pflaumen. Der alte Adam ist mächtig am Leben.

Schildläuse

Als noch Schildläuse genug vorhanden waren, ließ sich die Ehe des Professors immer wieder reparieren.
Der kleine Professor war reinlich und vermochte seine Nüstern zu blähen wie ein erregtes Shetlandpferd. Er war mit einer Arbeit über den sozialen Gehalt der Verba dicendi in zeitgenössischen Romanen beschäftigt.
Seine brünette Frau, ein Wesen mit Gazellenbeinen und durchschnittlichen Bedürfnissen, war nicht in der Lage zu ermessen, was ihren Mann an den Verba dicendi reizte. Sie sammelte Bekanntschaften, Bekanntschaften von Leuten, deren Namen in Tageszeitungen genannt wurden, wie Schauspieler, Dichter, Leistungssportler und Aktivisten, die zum Auslösen ökonomischer Kampagnen herausgesucht worden waren.
Sie war ungehalten, wenn der Professor, der stets in eine Arbeit vertieft war, mit der er der modernen Literatur Impulse zu vermitteln meinte, die Empfänge versäumte, zu denen es Einladungen ins Haus regnete: Empfang bei der Bulgarischen Botschaft zu Ehren von Cyrill und Method; Empfang des Kulturministeriums zu Ehren des Shakespearejahres; Galaball der Neuerer und Knobler; Empfang der Akademie zu Ehren Holot Kul Axandas, des Verfassers des berühmten Werkes über die Eingeborenenlyrik im vierzehnten Jahrhundert, und so weiter.
Es konnte sein, daß dem Professor, der schon im weißen Perlonhemd mit der vorgeschriebenen hellgrauen Krawatte steckte, statt der Manschettenknöpfe ein paar Verba dicendi in die Hände fielen, die in seinem Werk noch keine Ausdeutung gefunden hatten. Dann wurde nichts mit der Teilnahme am Empfang zu Ehren Marcel Marceaus in der Akademie. Dann gab es Kräche, weil man es trotz allen Fortschritts noch nicht so weit gebracht hatte, daß eine meritenlose Ehefrau ohne lästiges Anhängsel in Gestalt eines Professors auf einem Empfang, den die Akademie gab, erscheinen konnte.

Nach den Auseinandersetzungen, die der Professor zuweilen in Unterhosen (weil er schon beim Umkleiden gewesen war) mit seiner Frau führte, war er stets erregt, und Erregung hielt er für Gift für alle Arten schöpferischer Tätigkeit.
Der Professor fing seine Erregung mit Schildläusen ab, die er von den Blumenstöcken im Fenster seines Arbeitszimmers absammelte. Er suchte in den Blattachseln der Zimmerblumen, und wenn er eines dieser Schmarotzerinsekten, eingewoben in einen weißen Kokon, fand, mußte sich seine Hand mit der Pinzette notgedrungen beruhigen, um das Flöckchen vom Blumenstengel heben zu können.
Sodann übergab er die eingesponnene Schildlaus mit Hilfe der Pinzette an Daumen und Zeigefinger seiner linken Hand. Sobald er spürte, daß er dort aus der vollgesoffenen Laus einen rötlichen Brei verfertigt hatte, stellte sich das Gefühl bei ihm ein, die Pflanzenwelt von einem Schmarotzer befreit zu haben, und das förderte seine Ruhe.
Wenn der Professor eine genügende Anzahl von Schildläusen zwischen Daumen und Zeigefinger zerquetscht hatte, dachte er nicht mehr an seine Frau, die grollend in ihrem Zimmer saß, und er machte sich daran, die Verba dicendi, die ihm beim Suchen der Manschettenknöpfe untergekommen waren, aufzuarbeiten.
Aber dann las der Professor in einer Wochenzeitschrift, in der Spalte *Die Feinde deiner Fensterblumen*, daß man Zimmerpflanzen des öfteren mit Wasser besprühen müsse, um die Schildläuse von ihnen fernzuhalten. Der Professor tat es. Er hätte es nicht tun sollen; die Schildläuse zogen sich zurück.
Es war nach dem Empfang für einen achtzigjährigen Komponisten, der seinen Gastgebern in der Akademie seine neunundzwanzigjährige Frau vorführte. Er war ein gefeierter Komponist, berühmt in ganz Europa, und es fiel eine Menge Abglanz auf seine neunundzwanzigjährige Frau.
Die Frau des Professors glaubte Möglichkeiten zu erkennen, sich berühmt zu heiraten, aber dazu mußte sie frei und nicht mit einem Professor der Philologie verheiratet sein, dessen Werke

nicht einmal von denen, die sie angingen, den Dichtern und Schriftstellern, wahr- und ernst genommen wurden.
Forthin ließ es die Frau Professor nicht an Andeutungen fehlen, daß sie ihre Jugend einem Mann weihe, der es nimmermehr zur Berühmtheit bringen würde; und eines Tages gab sie zu verstehen, daß sie willens wäre, sich von ihrem langweiligen Manne zu trennen.
Das erregte den Professor, das erregte ihn sehr und machte ihn unfähig, bei seiner Arbeit über den *kollektiven Helden* im zeitgenössischen Roman sitzen zu bleiben. Aber da waren keine Schildläuse mehr, die er zerdrücken konnte, um sich zu beruhigen. Andererseits ließ die Frau nicht nach, auf ihn einzureden und sich über ihn, den reizlosen Philologen, zu beklagen.
Der Professor, der jahrelang hingenommen hatte, von seiner Frau unverstanden zu sein, fühlte jetzt, wie die Frau an seiner Würde zerrte. Er wurde immer erregter und dachte schon nicht mehr daran, daß er sein Beruhigungsmittel, die Schildläuse, mit Wassersprühgüssen vertrieben hatte. Und er ging auf seine Frau los und preßte ihr die Oberarme. »Hast du nicht alles, was du brauchst?«
»Nein!« schrie die Frau. »Eine Niete habe ich!«
Der Professor merkte nicht, wie sich seine Hände zum Hals der Frau hochtasteten und wie er ihr den Hals zu drücken und zu quetschen begann. Und die Frau stieß ihn vor die Brust, stieß ihn von sich und schrie um Hilfe, schrie beim geöffneten Fenster, bis Leute von der Straße kamen.
Am Abend bat der Professor seine Frau um Verzeihung, doch es war keine zu erlangen.
Und die Frau ließ sich vom Professor scheiden. Es ging alles sehr leicht, und dem Professor wurde die Scheidung sehr teuer, weil er doch ein gewalttätiger Mensch war und man es einer Frau nicht zumuten konnte, weiterhin in seiner Nähe zu leben.
Aber, als noch Schildläuse vorhanden waren, ließ sich die Ehe des Professors immer wieder reparieren.

Saubohnen

Immer, wenn im Sommer die Saubohnen reif waren, luden die Bebels die Abels zum Saubohnenessen ein. Frau Bebel hatte eine kleine Hand, und soviel Saubohnen, wie diese kleine Hand halten konnte, wurden im Frühjahr im Gärtchen links vom kleinen Haus ausgesät.

Im Laufe des Frühlings und des Vorsommers wuchsen aus dieser Handvoll so viele Saubohnen heran, daß sie zu einer Abendmahlzeit reichten.

Man mußte sich über die Erde wundern, die es nicht leid wurde, Jahr um Jahr, fast auf der gleichen Stelle im Gärtchen, Saubohnen zu produzieren, aber sie wurde es nicht leid. Sie war verläßlich und arbeitete im Frühjahr los, sobald sie von Frau Bebel das Motiv in Form einiger Bohnensamen eingeimpft bekam. Sie produzierte ohne Zögern und ohne die Gewißheit, ob die Produktion gelingen würde, und ohne die Gewähr, ob die Wetter ihrem Vorhaben günstig sein würden, und ohne Ahnung, was mit ihrer Produktion zum Schluß geschehen würde.

In dem Jahr, von dem hier die Rede ist, war der Effekt, den die Früchte jenes Fleckchens Gartenerde auslösten, anzweifelbar.

Die Saubohnen waren gekocht und mit Gewürzen versehen, und sie aßen sie warm und streuten vor dem Essen gehackte Petersilie nach Ermessen über sie. Die Schalen mancher Bohnen waren beim Kochen geplatzt, und es quoll ein eiweißhaltiger Brei aus ihnen, der die nicht geplatzten Bohnen einhüllte, wie ein Pudding die Sultaninen einhüllt.

Die Sultaninen-Bohnen platzten zwischen den Zähnen der Esser und ergossen ihren Eiweißbrei unausgelaugt über die Geschmacksnerven in den Mündern, und die Esser schmeckten etwas von der Wildheit, aus der die Garten- und Feldfrüchte kommen, und das war das Interessante am Saubohnenessen.

Gleich nach den ersten Happen, die sie auf den Weg zu ihren

Mägen brachten, begannen die vier Esser zu reden, weil das so üblich ist und zu den Gepflogenheiten gehört, wenn kultivierte Menschen gemeinsam ein Mahl einnehmen.
Die Abels, als Gäste, lobten das Bohnengericht, und die kleine Frau Bebel dankte mit niedergeschlagenen Augdeckeln und fing ihre Verlegenheit ab, indem sie von der diesjährigen Anzucht der Bohnen berichtete, die ihre Schwierigkeiten gehabt hätte; insbesondere wären jene schwarzen Läuse, von denen Holundertriebe und Saubohnen unausbleiblich befallen werden, dieses Jahr besonders zäh und sogar teilweise dem pulverisierten Insektengift gegenüber resistent gewesen.
Der lange Abel, mit der von Stoppelhaaren eingefaßten Glatze, bei dem die Saubohnen unter einem englisch geschnittenen Schnurrbart verschwanden, verlangte nach einem Wodka, und er erhielt ihn, und die anderen nahmen auch einen Wodka, nachdem das Thema einmal angeschnitten war. Sie hoben die kleinen Gläser, die aussahen wie die Hälften zerschnittener Sanduhren. Die Esser sahen einander in die Augen, nickten und stießen auf das diesjährige Saubohnenessen an.
Dann waren sie satt und schickten den schweren Eiweißpillen von Saubohnen nach Bedürfnis Tee und Limonade nach, und das Essen hätte zu Ende sein müssen, wenn es unter Menschen mit *Anstand* nicht üblich und Sitte gewesen wäre, nach gehabter Mahlzeit, sich in Gesprächen zu ergehen. Leider veranschlagten sie nicht, daß bei solchen Nachmahlzeitgesprächen das soeben Gegessene schon mitspielte, denn man spricht im Deutschen nicht umsonst vom *Einverleiben*.
Die Überdosis Eiweiß fing jedenfalls sofort an, sich in die Gespräche zu schleichen, und sie schien schon im Spiel zu sein, als Frau Abel von dem zu sprechen begann, was sie in letzter Zeit geschrieben hatte. Sie wüßte nicht, ob es ihr gelungen wäre oder nicht, und das mache sie unruhig und unzufrieden.
Es war, als hätten die Saubohnen im Magen des verschmitzten, manchmal undurchschaubaren Bebel nur auf dieses Bekenntnis der Frau Abel gewartet. Es wäre der Unterschied zwischen ihm und Frau Abel, sagte Bebel, daß er genau wüßte, ob das, was er in

letzter Zeit geschrieben hätte, etwas tauge oder nicht, es tauge nämlich nichts.
Der lange Abel sagte nichts dazu. Auch er hatte in der letzten Zeit einiges geschrieben und war einigermaßen damit zufrieden. Er konnte sich nicht entschließen, dem Druck der Überdosis Eiweiß in seinem Magen nachzugeben und den Erfolg seiner Arbeit anzuzweifeln. Er verlangte nach einem weiteren Wodka und erhielt ihn und trank ihn, ohne mit den anderen anzustoßen, ohne ihnen in die Augen zu sehn. Dabei kam er sich vor wie ein Mann, der beim Seufzen von Armen an sein heimliches Bankkonto denkt, und er mußte Kraft aufwenden, daß die Saubohnen in seinem Magen ihn nicht doch noch im letzten Augenblick bestimmten, mit Ekel auf seine Selbstzufriedenheit niederzusehen.
Die Unterhaltung eskalierte in der begonnenen Richtung. Bebel fand heraus, und die genossenen Saubohnen halfen dabei nicht schlecht, daß schon so vieles, wer weiß, ob nicht alles, geschrieben worden wäre, und daß man zu leicht auf Vorbilder verfiele, von denen man sich schwer, ach, so schwer lösen könnte, und Frau Abel, deren spöttisches Lächeln sonst berüchtigt war, nickte Bebel ermunternd zu. Sie kamen sich so einig vor, obwohl es nur die gehabten Saubohnen waren, die da miteinander korrespondierten.
Die kleine Frau Bebel, die körperlich und in ihren Gebärden einem frühreifen Schulmädchen glich, steuerte dem Einfluß der Saubohnenmahlzeit mit Wodka. Sie trank in den Gesprächspausen ein Gläschen und wieder einmal ein Gläschen und schien darauf zu warten, was die Bohnen bei ihrem Manne noch an Resignation zutage fördern würden.
Der schnurrbärtige Abel versuchte den Einfluß der Bohnenmahlzeit niederzuhalten, indem er ein Glas Limonade nach dem anderen trank und das Eiweißkonzentrat damit verdünnte. Er redete wenig und sah die ganze Zeit forschend, aber so, daß sie es nicht bemerkten, zu Bebel und zu seiner eigenen Frau hinüber und dachte: Jeder Mensch ist eine unwiederholbare Einmaligkeit, und es muß ihm gelingen, einen Punkt zu finden, seinen

Punkt, von dem aus er zeigt, wie er die Welt sieht, wie nur er sie sehen kann. Es gehört Mut dazu, dachte er auch, eine Menge Mut, auf diesem Punkt, trotz aller sich anbietenden Vorbilder, zu verharren, auf diesem Aussichtspunkt.

Frau Bebel trank wieder ein Gläschen, und ihre Augen begannen zu glitzern. Bebel, ihr Mann, redete ganz gegen seine Gewohnheit von der Landschaft und den unübersteigbaren Bergen in seinem Innern. Er behauptete jetzt, es sei fraglich, sehr fraglich, ob etwas, was man aus eigener Sicht geschrieben habe, auch gedruckt werden würde.

Damit hatte er es geschafft, auch den stoppelhaarigen Abel unter den Einfluß der genossenen Saubohnenmahlzeit zu bringen, denn Abel wußte aus Erfahrung, daß jemand, der etwas getreu aus der Sicht seiner Einmaligkeit geschrieben hatte, nachher kämpfen und Langmut aufbringen mußte, um sein Geschriebenes gegen das Gewohnheitsdenken und Gewohnheitssehen durchzusetzen. Dieser Kampf erschien Abel jetzt unter dem Einfluß der Eiweißüberdosis so schwer, daß er zu bezweifeln begann, ob er ihn ein drittes und viertes Mal würde liefern können, und er schrie, oder waren es die Bohnen in ihm: »Ja, so hängen wir uns doch auf!« Und er wiederholte den Satz, aber diesmal schon als Frage: »Ja, weshalb hängen wir uns da nicht auf?«

Erstarrung, Schweigen, vielleicht sogar Ernüchterung. Nur die Augen der kleinen Frau Bebel, sie blitzten jetzt, blitzten unmißverständlich ihren Mann an, und es war unverkennbar, daß sie sich ihn ins Bett wünschte, und es war zu ahnen, daß sie ihn und seine Resignation dort besiegen würde, die kleine Frau Bebel, die körperlich und in ihren Gebärden einem frühreifen Schulmädchen glich, bei der der Effekt aber, den die Früchte eines Fleckchens Gartenerde in diesem Jahr auslösten, nicht so anzweifelbar war wie bei den anderen.

Eifersucht

In einer Mainacht ritt ich lange umher, doch die Rauhfußkäuze, auf die ich aus war, ließen sich nicht hören. Ein Gewitter zog auf. Ich suchte Zuflucht in der Holzhauerhütte der alten Pauline und stellte die Stute dort in den Schuppen. Pauline brachte ihr Ziegenheu.

Pauline, Pauline, sie war nun wohl an achtzig Jahre alt, halb vertrocknet und bräunlich im Gesicht wie eine Kiefernwurzel. Als sie fünfzig war, starb ihr erster Mann am Krebs. Er starb lange, und Pauline war noch liebeslustig. Sie sündigte heimlich ein bißchen mit Albert.

Albert war drei Jahre jünger als sie. Er war dicklich, eine bauchige Flasche, und trug eine Pelerine, einen Umhang aus Kaiserzeiten, wenn er die Post für drei Dörfer austrug. Als Otto, der Holzhauer, endlich starb, nahm sich Pauline Albert, und Albert nahm sich Pauline.

Ich trat in die niedrige Holzhauerstube. Albert stieg aus dem Bett und begrüßte mich. Seine geübte Postbotenhand betastete meinen Rucksack und stieß auf die Flasche mit Reiterschnaps. Er nahm einen Schluck und saß da im Hemde und erzählte von seinen Briefträgerzeiten: »Ein Einschreiben wird eingeschrieben, verstehst du, verstehste?« Er nahm einen zweiten Hieb und klärte mich über Amtsrichterbriefe mit Zustellurkunden auf. Und als er den dritten Schluck aus der Flasche sog, mischte Pauline sich ein: »Nicht mehr als sechs Schluck, der siebente macht ihn eifersüchtig!«

Albert erläuterte mir, wie man Päckchen zustellt. Es blitzte hart, und es donnerte lange. Pauline ging nach den Ziegen sehn. Der Gewitterregen setzte ein. Albert nahm zwei weitere Schlucke und überzeugte mich von den Schwierigkeiten beim Geldzustellen. Der Blitz schlug im Wald ein, und Albert nahm wieder zwei Schlucke.

Pauline kam durchnäßt herein. Albert trat ihr erregt entgegen.

»Neben wem läßt du dich begraben?«
»Neben Otto.«
Albert wollte meinen Rat. »Ist sie die Seine oder die Meine?« Ich enthielt mich der Antwort.
»Neben wem läßt du dich begraben, wie?«
»Das Maul halt!«
Albert sah sich nach Hilfe um. »Hier wird ein Beamter hintergangen.« Pauline wurde es zuviel. Sie packte Albert beim Schlafhemd und zerrte ihn zum Bett, in die Kammer. Albert, mein Albert, ruderte hilflos mit den Händen, bis er hinter der Tür verschwand.
Eine Weile war's still. Ich lagerte mich auf der Ofenbank und hörte draußen den Regen gehn. Es blitzte schon sanfter, doch mit eins ging in der Kammer der Grabstreit weiter: »Neben wem läßt du dich begraben, hä?«
»Neben Otto, der Platz ist lange bezahlt!«
Es donnerte und Albert mußte schreien, damit Pauline ihn hörte: »Acht Tage geb ich dir Zustellfrist, verstehst du, verstehste?« Die Antwort war ein Ohrfeigenhagel. Ich sprang hinzu und wollte die Streitenden trennen. »Mach du dich fort!« schrie Pauline mich an. »Ich hab dich gewarnt – der siebente Schnaps!«
Albert begann zu schnarchen. Pauline hielt ihm die Nase zu. Er schnappte nach Luft und brummelte: »Zustellurkunde.«
Das Gewitter zog ab. Leiser Wind tat sich auf. In den Fichten klagten die Rauhfußkäuze.

Die Glückwunschkarte

Ein Lehrer schickte mir eine Glückwunschkarte mit einem Ausspruch von Brecht in schöngedruckten Buchstaben, auch mit Gold wurde nicht gespart. Glückwünsche für Weihnachten und Neujahr zusammen, als handele es sich um die *Verwirklichung der Rationalisierung der Festfeierung.*
Nun auch Brecht auf Glückwunschkarten! Da hatte er Goethe (»den alten Säuferrr«, wie er ihn nannte) eingeholt! Hält nun auch er mir den Zeigefinger vor die Nase, was er lebend nie tat, oder fuchtelt er, belustigt über meine Verdutztheit, mit der Zigarre?
Unsere Weihnachtsbetriebsamkeit wird's noch zuwege bringen, daß ich zu überprüfen anfange, ob ich damals nicht zu freundschaftlich und respektlos mit ihm umging; denn nun wird er, der seine Freunde einst mit selbergebastelten Sowjetsternen für den Weihnachtsbaum beschenkte, von Jahr zu Jahr höher in die *himmlischen Sphären* gerückt, in die Weihnachtspostkartensphären. Eiapopeia! Ich hör, wie er kräht.

Kundenerziehung

Die Schriftsteller Berlins veranstalteten den jetzt traditionellen Mai-Buchbasar zum erstenmal. Ich sollte Brecht überreden, daran teilzunehmen. Ich überredete ihn nicht, und er nahm teil.
Die Schriftsteller bildeten Gruppen, und jede Gruppe erhielt einen Lastkraftwagen. Man bot Brecht an, in der Fahrerkabine des Lastwagens Platz zu nehmen. Er lehnte ab, obwohl er solche Bequemlichkeiten liebte, doch er wollte stets einen Bekannten bei sich haben, auf den er zurückgreifen konnte. Allein gelassen, schien er schmal wie ein Kind in der Fremde.
Wir fuhren auf die Vergnügungsplätze. Unsere Bücher wurden ausgeladen, und wir eröffneten einen *fliegenden* Verkaufsstand. Die Rummelplatzbesucher starrten uns an. Es fiel schwer, sie davon zu überzeugen, daß es *modern* sei, zwischen Schiffschaukeln und Drehorgeln Bücher zu kaufen. Unser Anreißer verhieß eventuellen Buchkäufern die Autogramme der Schriftsteller wie Zugabebonbons.
Schließlich entschlossen sich einige Vergnügungsplatzbesucher, mit der Geste des Erbarmens, näher zu treten. Einige mochten Brecht von Zeitungsporträts her kennen und dachten wohl an einen Rummelplatzschwindel, als man ihnen einen Mann in einem immer ein wenig zerknautscht aussehenden Mantel, mit einer etwas fleckigen *Schiebermütze* und einem nicht gerade frischrasierten Gesicht als *echten* Brecht unterschieben wollte. Schließlich probierten sie es mit einem Autogramm, gewissermaßen, um die *Echtheit* zu prüfen.
Ich stand neben Brecht, um ihm gegebenenfalls behilflich sein zu können. Mich kannte niemand, denn ich war *frischgebacken* und hatte soeben meinen ersten Roman mit dem abschreckenden Titel *Ochsenkutscher* herausgebracht. Brecht aber hatte sich in den Kopf gesetzt, mich bekannt zu machen, und wenn jemand ein Autogramm von ihm wünschte, sagte er: »Sie gestatten, daß ich mir zunächst selber ein Buch kaufe.«

Die Leute wollten natürlich sehn, was für ein Buch der zweifelhafte Brecht kaufen würde, und seine *Echtheit* wurde wieder in Frage gestellt, als er ein Buch über Ochsen kaufte. Ich mußte Brecht eine Widmung hineinschreiben, und ich schrieb *In Dankbarkeit* hinein, und die Leute kauften mein Buch trotzdem nicht.
War Brecht jetzt entmutigt? Niemals. – Wir fuhren auf den nächsten Vergnügungsplatz, und wir packten unsere Bücher wieder aus, und Brecht kaufte wieder ein Buch von mir, und ich mußte ihm wieder etwas hineinschreiben, und ich schrieb wieder *In Dankbarkeit* hinein, und die Leute kauften mein Buch trotzdem nicht, aber Brecht ließ nicht nach. Er kaufte an jenem Maitag auf verschiedenen Rummelplätzen wohl an sechs, sieben Bücher von mir und nannte das *Kundenerziehung*, und er betrieb sie mit der gleichen Intensität wie die *Zuschauererziehung* in seinem Theater.
Zum Schluß lächelten wir uns an wie Kinder, deren Versuch, Fische mit der Hand zu fangen, fehlschlug.
Wenn ich heute auf dem Maibasar beim Büchersignieren zum Aufschauen komme, denke ich an Brecht und an unseren ersten Buchbasar, und ich weiß nicht genau, was Früchte trägt, seine *Kundenerziehung* oder die Tatsache, daß er mich eine Weile erzog.

Der Hut

Wir wollten nach Holland fahren. »An Hut sollten mir uns kaufn«, sagte Brecht, »über die Grenze geht man besser mit Hut.«
Ich hielt das für einen Scherz und lachte; er lächelte.
Wir kamen nach Aachen. »Jetzt wär's also Zeit z'wegn dem Hut«, sagte Brecht, und da erst erspürte ich, daß es ihm ernst war mit dem Hutkauf, und mir fiel jene Stelle aus der *Carrar* ein, in der es um die Arbeitermütze geht, nach der die Reaktion schießt.
Wir gingen einen Hut für ihn kaufen. Der Laden war vollgestopft mit Hüten von »Spießbürgerglocken« bis zu Zylinderhüten. Brecht versuchte es mit einem Sporthut, setzte ihn auf, stellte sich vor den Probierspiegel und starrte mit weit aufgerissenen Augen, als wäre er erstaunt über sich selber. Ich sollte begutachten. Der Sporthut war fipsig, und Brecht hätte ihn nicht mal in seiner Samson-Körner-Zeit tragen können.
Er versuchte es mit einer Art Trachtenhut. Darin sah er aus wie ein gescherter Jager bei Ganghofer. Noch schlimmer. Jetzt probierte er Hüte in den verschiedensten Grautönen. Auch nichts, allenthalben die Krempen zu mager.
Der eifrige Hutverkäufer wollte sich das Geschäft nicht entgehen lassen. Er schickte ins Lager. Jetzt kamen alle Arten von Schlapp- und Künstlerhüten hervor. Brecht probierte und probierte, starrte sich im Spiegel an und forderte mein Urteil. Nichts, nichts, ein Brecht ohne graue Tuchmütze war für mich unmöglich.
»Wenn ich nur den fänd, wie ihn der Valentin mal gehabt hat«, sagte Brecht und probierte unermüdlich wie bei einer Kostümprobe auf dem Theater. Mit Schlapphüten sah er aus wie ein schlechtgetarnter Einbrecher, besonders, wenn er mit starrem Blick in den Spiegel sah.
Er überlegte, ob wir nicht einen anderen Hutladen aufsuchen

sollten. Ich riet ab. Mir war, als hätten wir bereits alle Männerhutmodelle der Welt, bis auf ausgesprochene Texashüte, durchprobiert.

Nun, so wollte Brecht, der die Mühe des Hutverkäufers anerkannte, eben einen Schlips kaufen. Alle Schlipse im Laden waren natürlich bunt, wie es die derzeitige Mode vorschrieb. Brecht aber wollte einen grauen Schlips.

Es wurde wieder zum Lager geschickt. Man brachte die altmodischsten Schlipse, über die das Haus verfügte, sogar solche zum Anschnallen waren dabei. Brecht zog einen hellgrauen Schlips aus dem Haufen. »So einer wär schon recht, nur so bunt, wenn er nicht wär!« Die Schlipse, die den Grauton hatten, der Brecht vorschwebte, waren die zum Anschnallen. Da riet ich wieder ab. Schließlich nahm Brecht den dunkelsten Schlips von den hellgrauen.

Der Verkäufer wollte aufseufzen, fing den Seufzer aber ab und hüstelte. Er wollte den Schlips eintüten, doch Brecht kam ihm zuvor, nahm ihn und stopfte ihn in die Jackentasche. Der Verkäufer sah drein, als ob er jemanden Erdbeeren mit dem Messer essen sähe.

Wir kamen an die Grenze. Ein westdeutscher Grenzpolizist prüfte unsere Papiere. Er besah uns von oben nach unten und von unten nach oben: Brecht mit der zerknitterten Litewka und den ausgebeulten Hosen, mich mit der ledernen Motorrad-Rennweste. Dann kam's im Tone eines preußischen Kompaniefeldwebels: »Was, Schriftsteller seid ihr? In dem Aufzug?« Er sah wieder in die Papiere. »Aus der Ostzone natürlich, na, da werd ihr was schreiben.«

Ich ging hoch, verbat mir den Kasernenton. Brecht zitterte vor Empörung, doch er sagte nichts. Man ließ uns passieren, und Brecht sagte, immer noch kopfschüttelnd: »Aber an Hut, wenn wir gehabt hätten . . .«

Der Kommissar

Was doch Reporter verschiedener westlicher Zeitungen ihren Lesern zumuten! Nach der Premiere meiner Bauernkomödie *Katzgraben*, die unter Brechts Regie lief, berichtete eine westdeutsche Zeitschrift, die *Der Spiegel* genannt wird, mich gäbe es gar nicht, und mein Name sei ein Pseudonym von Brecht, unter dem er ein *ostdeutsches* Gegenwartsstück auf die Bühne brächte.
Einige Jahre später druckte man in der gleichen Zeitschrift eine Besprechung meines Romans *Der Wundertäter* und verwies auf den Artikel über meine Komödie *Katzgraben* von vor Jahren. Brecht hatte auch diesen also, wenn man den *Spiegel*-Leuten glaubte, Roman geschrieben, aber er lebte damals schon nicht mehr.
Vor einer Schriftstellertagung in Amsterdam besuchten wir mit Brecht dort eine Buchhandlung. Der Buchhändler erkannte Brecht und musterte mich aufdringlich. Er verschwand, kam mit einer Zeitung zurück und bat Brecht, einen bestimmten Artikel zu lesen. In dem Artikel stand, die *ostdeutschen* Behörden hätten Brecht, wider Erwarten, die Ausreise nach Holland gestattet, doch man habe ihm einen Kommissar beigegeben, der als Chauffeur getarnt sei. Der Buchhändler meinte es also *gut* mit Brecht, denn für den getarnten Kommissar hielt er mich, und ich trug eine Lederjacke.
Brecht lachte, als er den Artikel gelesen hatte, und sagte: »Diesmal packen mir sie!«
Die Tagung begann. Brecht saß im Präsidium, und man wußte seine Anwesenheit zu schätzen. Er wurde gefeiert, doch jedesmal, wenn ein Beschluß gefaßt werden mußte, sagte er: »Halt's amal! Ich muß da erst mein' Kommissär befragn gehn!« Er machte einen *großen Gang*, wie man's auf dem Theater nennt, und er kam zu mir und fragte: »Derf ich?«

Die Katze

In den Geschichten vom *Herrn Keuner* gibt's eine Stelle, aus der hervorgeht, daß Herr *Keuner-Brecht* Katzen nicht besonders liebt; einer Katze aber, die sich zur Ruhe hingestreckt habe, zolle auch er den nötigen Respekt vor dieser Arbeit. Herr *Keuner-Brecht* hatte also die Katzen gut beobachtet.
Eines Abends kam ich zu Brecht und sah ein schwarzweißes Kätzchen auf seinem Abendbrottisch. Die Wurst hatte es schon von den Broten gefressen, und jetzt leckte es die Butter ab. »Schau an, Herr Keuner und die Katzen!« sagte ich in der Art, wie wir uns gegenseitig zu frotzeln pflegten. Er sagte oft: »Guhn Abend! Wie geht's dem Pferd?« und spielte auf meine Pferdenarrheit an. Ich stellte fest, daß er von seinem Arbeitsplatz geflüchtet war, damit sich die Katze dort tummeln konnte. Er wurde verlegen, nahm die Sache sehr ernst und gab Erklärungen ab, wieso man eine Katze, wenn sie sich einmal eingefunden habe, nicht sofort und ohne weiteres abschieben könne, und man müsse dies und das berücksichtigen. Aber die Katze fraß, ungerührt von allen Theorien, Brechts Abendbrot.
Bei späteren Besuchen sah ich die Katze wieder. Sie war noch frecher geworden, und meine Frotzeleien wurden nachdrücklicher, weil es mir, ich gesteh es, Spaß machte, ihn, der sonst so schlagfertig war, immer aufs neue in Verlegenheit zu bringen und in *Katzendiskussionen* zu verwickeln. Und ich spielte auf das *kleine Organon* an, und daß das eine eben die Theorie und ein anderes die Praxis sei und daß man es doch an der *Keuner-Katze* sehen könne.
»Natürlich«, sagte er, »dös möcht auch gräßlich ausschaun, wenn dein Pferd sich auf'm Abendbrottisch wälzen wollt!«

Die Brecht-Nessel

Es war nachts, nach zwölf Uhr, und wir wurden von der Grenzpolizei zwischen Frankreich und Belgien aufgehalten. Irgendein Ausweispapier war abgelaufen, und wir durften nicht nach Belgien hinein, und eine Verlängerung der Bescheinigung, gegen entsprechende Francs, war erst am nächsten Morgen zu erhalten. In der Nähe der Polizeistation gab's ein Grenzgasthaus, als stünde es für Leute wie uns, denen eine Bescheinigung ausgegangen war, an der Landstraße.
Eine Klingel gab es nicht, und wir pochten, und eine verschlafene Wirtin öffnete uns, und sie schien es gewohnt zu sein, nachts von Leuten herausgeklopft zu werden, denen irgendein Papier abgelaufen war.
Im Flur brannten Notlampen, und im Gastraum herrschte Balzac-Stimmung. Brecht erhielt sogar noch sein obligates *Bettkäsebrot*; allerdings ohne Bier, und er nippte etwas Rotwein zum Brot.
Wir schliefen gut, und am Morgen sahen wir auf die sonnige, sehr plane und etwas karge Grenzlandschaft.
In der Gaststube tafelte uns ein Mädchen das Frühstück auf, und als wir zum Fenster sahen, das nach der Polizeistation und der Grenzstraße hinausging, erhoben wir uns gleichzeitig von den Stühlen, weil das Fenster von eigenartigen Blattpflanzen zugerankt war. Es waren Pflanzen mit dunkelroten Stämmen und hellroten Blättern, und durch die Blätter schien die Morgensonne, und das Fenster sah aus wie ein Butzenfenster aus einer *Faust*-Bühnendekoration.
Brecht betrachtete die eigenartigen Pflanzen sehr eingehend und sagte: »Erstaunlich!« Ich spürte, daß er sich eine solche Pflanze wünschte, und begann in meinem Selbstunterrichts-Französisch das Mädchen um einige Ableger von diesen seltsamen Pflanzen zu bitten. Brecht nickte mir zu, doch er half mir nicht mit seinem Schulfranzösisch. Seine Zunge war auf Augsburgisch eingestellt,

und er kam sich lächerlich vor, wenn er sie ausländisch und *geschert* verdrehen sollte. In bezug auf seine Muttersprache war er der größte Chauvinist, den ich kannte, und Holländisch nannte er *verkommenes Deutsch*. Auf einer Schriftstellertagung, bei der die Verhandlungssprache Englisch war, leitete er seinen Diskussionsbeitrag ein: »My English is baddd, but my German is better.« Und er sprach Deutsch mit ein wenig Wollust, wie mir schien, und das besonders nach seinen Erlebnissen mit dem *Ausschuß für unamerikanische Umtriebe*.

Ich erhielt also die Ableger von den rotblätterigen Pflanzen, und wir brachten sie, in Zeitungspapier gewickelt, das wir unterwegs von Zeit zu Zeit anfeuchteten, durch Belgien und durch Westdeutschland und schließlich nach Berlin, und als wir uns nach dieser langen Reise trennten, teilten wir uns die Ableger.

Ich weiß nicht, was aus den seinen wurde, und ich sah sie nie auf dem Fensterbrett in der Chausseestraße.

Ich pflanzte meine Ableger ein, doch nur einer von ihnen ging an, und eine Zeitlang hatte er nur zwei armselige Blätter. Dann aber wuchs er doch langsam ein und trieb.

Es war eine seltene Art der Buntnessel, die wir uns da in Belgien eingehandelt hatten, und sieben Jahre später sah ich sie in Sotschi am Schwarzen Meer, und dort wuchs sie im Freien in einem Park, Tausende Buntnesseln zur Einfassung von Blumenrabatten.

Meine Buntnessel wuchs also, und wenn ich bei Brecht war, konnte es vorkommen, daß er, wenn sein Blick das Blumenfenster nach dem Hof mit der grauen Friedhofsmauer streifte, plötzlich fragte: »Gibt's eigentlich diese erstaunlich rote Pflanze noch?«

Da mochte er sich wohl unserer gemeinsamen Frankreichfahrt erinnern, die für ihn und sein Theater die erste westeuropäische Triumphfahrt gewesen war. Er wurde in der Comédie Française gefeiert, er, die Weigel und seine Schauspieler. Er hatte den kommunistischen Ideen Theaterröcke angezogen und sie zu den suchenden westeuropäischen Intellektuellen in Marsch gesetzt.

Ich versicherte ihm damals des öfteren, daß es diese *erstaunlich rote Pflanze* noch gäbe, denn ich zog bereits Ableger von ihr und wollte ihn mit einem Butzenfenster überraschen, wie wir es damals auf der französischen Grenzstation gesehen hatten.
Der Tod wartete nicht, bis ich mein Fenster fertig hatte, und er griff sich Brecht, und es war am traurigsten Geburtstag meines Lebens.
Wir aber nennen jene Buntnessel jetzt *Brecht-Nessel*, und ich gebe meinen Freunden von Zeit zu Zeit Ableger von ihr, und als mir in einem Winter, da ich verreist war, meine Zimmerblumen und mit ihnen die Buntnesseln erfroren, holte ich mir Ableger von Freunden, und jetzt, da ich das schreibe, stehen drei große *Brecht-Nesseln* in meinem Blumenfenster.